AMARILIS DE OLIVEIRA

Romance ditado pelo espírito Elizabeth

Do outro lado da porta

© 2019 por Amarilis de Oliveira
© iStock.com/amesy

Coordenadora editorial: Tânia Lins
Coordenador de comunicação: Marcio Lipari
Capa e projeto gráfico: Equipe Vida & Consciência
Preparação: Janaina Calaça
Revisão: Equipe Vida & Consciência

1ª edição — 1ª impressão
2.000 exemplares — outubro 2019
Tiragem total: 2.000 exemplares

**CIP-BRASIL — CATALOGAÇÃO NA PUBLICAÇÃO
(SINDICATO NACIONAL DOS EDITORES DE LIVROS, RJ)**

E42d

Elizabeth (Espírito)
Do outro lado da porta / Amarilis de Oliveira , pelo espírito de Elizabeth. - 1. ed. -São Paulo : Vida & Consciência, 2019.
224 p. ; 23 cm.

ISBN 978-85-7722-641-2

1. Romance espírita. 2. Obras psicografadas. I. Oliveira, Amarilis de. II. Título.

19-59577
CDD: 808.8037
CDU: 82-97:133.9

Todos os direitos reservados. Nenhuma parte desta edição pode ser utilizada ou reproduzida, por qualquer forma ou meio, seja ele mecânico ou eletrônico, fotocópia, gravação etc., tampouco apropriada ou estocada em sistema de banco de dados, sem a expressa autorização da editora (Lei nº 5.988, de 14/12/1973).

Este livro adota as regras do novo acordo ortográfico (2009).

Vida & Consciência Editora e Distribuidora Ltda.
Rua Agostinho Gomes, 2.312 — São Paulo — SP — Brasil
CEP 04206-001
editora@vidaeconsciencia.com.br
www.vidaeconsciencia.com.br

"Onde havia a rejeição, abri as portas para a aceitação. Onde havia o temor, abri as portas para a bondade. Onde havia ignorância, abri as portas para o conhecimento. Em todas elas, de uma forma ou de outra, encontrei o amor."

Vinícius
(Orbe[1] dos Escritores)

---

[1] Organização Brasileira Espiritual.

Apresentação

Temos nós o direito de decidir o que é melhor para a vida alheia? Até que ponto temos direito a essa interferência? Será que o que chamamos de interferência — mesmo que tenhamos boa intenção — não passa de simples tirania?

Neste livro, conto-lhes a história de meus pais e a minha e os desdobramentos da interferência de minha avó paterna, que, não acreditando que o filho pudesse amar com toda a força uma mulher, não sabendo que as ligações vêm de vidas passadas, e, pior, crendo que, se entregando ao preconceito, fazia o melhor para o filho, mudou completamente muitos destinos, inclusive o meu, que nem nascera ainda.

Ao mantê-lo longe da pessoa a quem mais amava e afastá-lo definitivamente da família que já se formava, minha vó fez de meu pai um homem solitário, triste, e de minha mãe uma mulher frustrada.

Os destinos são assim: antes de nascermos, traçamos um "plano de voo", mas que é apenas um roteiro. Um roteiro que acabamos mudando com as escolhas que fazemos no dia a dia e com nossas imperfeições, que se apresentam para que possamos corrigi-las. E nós, ao criarmos máscaras, afetamos muito nossas vidas e a dos outros. Isso, contudo, tem um preço, que é a insatisfação íntima e a infelicidade, que só não acontecerão se reconhecermos nossos erros, se colocarmos o egoísmo, o orgulho e a vaidade de lado e, humildemente, fizermos de tudo para corrigir o malfeito. Só assim conseguiremos alcançar o tão sonhado equilíbrio mental e físico, dando um passo para a felicidade almejada. Até que ponto, contudo, temos essa coragem?

Elizabeth
(Orbe dos Escritores)

Capítulo 1

Olhando para a porta aberta daquele café, naquele dia estranho, eu esperava ansiosa. Finalmente, conheceria meu pai biológico. Depois de anos de curiosidade, quem seria ele? Que tipo de homem era?

Minha mãe o amara tanto a ponto de se deixar seduzir impensadamente por ele. Aos poucos, contudo, a idolatria dela foi se apagando, mas eu sentia uma curiosidade imensa de saber por que minha mãe o amara tanto.

Ela casara-se muito tempo depois do meu nascimento. Meu padrasto era um homem bom, e eu o amava como a um verdadeiro pai. Dele, eu sabia o que esperar. Naquele momento, meu verdadeiro pai descobrira minha existência e queria me ver, conhecer.

Sentada no café, esperando por um homem que nunca me vira, eu pensava que apenas a curiosidade me levara até lá. Pelo menos, tentava convencer-me disso.

Vinte anos. Eu estava com vinte anos. Que sentimentos poderia levar alguém a querer conhecer a filha depois de tanto tempo? Nós não nos amávamos. Ele não me conhecia nem me vira nascer. Só soubera por carta que mamãe estava grávida de um filho dele. Meu pai biológico recebera a correspondência, contudo, não a respondera. Agora, depois de vinte anos, queria conhecer-me. Por quê e para quê?

O que eu sentiria ao vê-lo? Provavelmente, nada. Ele era um desconhecido para mim. Apenas um desconhecido. Curiosidade. Eu só conseguia encontrar essa palavra para explicar o sentimento que me levara até ali.

Minha mãe dissera que eu tinha obrigação, afinal, ele era meu pai biológico. Mas que obrigação esse homem, até então desconhecido, tivera comigo? Ele nunca se preocupara se eu estava bem ou mal, se comia ou me vestia. Como meu pai, deveria ter se preocupado comigo antes, muito antes, porém, isso nunca aconteceu. Por que aquela carta, então? Todo aquele trabalho para nos encontrarmos? A pessoa que ele contratara levara três anos nos procurando.

O sobrenome de mamãe mudara, e ele nem fazia ideia do meu nome. Depois de três anos de procura, ele finalmente nos encontrou e soube meu nome por meio de um tio meu.

Por que todo esse trabalho? Eu já me tornara adulta e tinha na vida alguém que preenchera o lugar dele como pai. Ele não podia supor que usurparia o lugar que pertencia ao meu padrasto, pois isso, definitivamente, não iria acontecer.

Por anos e anos, meu padrasto alimentou-me, vestiu-me e deu-me carinho. Ele era meu pai de direito e de fato, e eu não aceitaria outro.

Só mesmo mamãe para me convencer a ir a esse encontro. Ali sentada, eu temia que novamente ele me deixasse só. Seria a segunda vez que me abandonaria, e se eu não o perdoara da primeira, não o faria na segunda. Não lhe daria outra chance de me conhecer.

Ao pensar em perdão, lembrei-me da conversa que tivera com meu padrasto, quando eu ainda estava em dúvida se deveria ou não comparecer àquele encontro.

Ele me pedira para perdoar o abandono e dar outra chance ao meu pai biológico, saber o que acontecera. Mas o que é perdão? Esquecer? Não! Claro que não! Como alguém esqueceria um abandono ou uma morte estúpida de alguém querido? Uma traição grave de um amigo? E tantos outros fatos que nos ferem e nos magoam?

Então, eu soube que perdão é não ficar existindo[2], é não vivenciar o fato mentalmente por repetidas vezes. Se eu decidisse perdoar meu pai biológico, precisaria lutar contra minha mente para não me recordar a todo momento que fora abandonada um dia. Será que eu conseguiria? Mais um desafio dos tantos que surgem a nós diariamente.

Meu padrasto ainda me disse: "Há no mundo a luz e a sombra. Somos nós quem decidimos em que lado vamos nos abrigar. Se for à luz, mesmo que a sombra surja de vez em quando, nós podemos afastá-la. Mas, se escolhermos a sombra, ela se tornará cada vez mais escura, fazendo nossa alma desacreditar que há luz".

Sorri. Como não amar um homem como meu padrasto? Um homem compreensivo, sábio e carinhoso. "Meu pai biológico não havia feito falta", pensei, agradecida a Deus.

Pedi mais um café e olhei para o relógio. Ele já estava dez minutos atrasado, então decidi que só esperaria mais cinco minutos. Cinco minutos, e nunca mais lhe daria outra chance. Olhei à minha volta. Estava sozinha. Naquela época, não era comum mulheres ficarem desacompanhadas em cafés.

Com certeza, as pessoas à minha volta pensavam que eu estava esperando um namorado. Quem me dera! Não estaria naquela agonia, sem saber se meu pai merecia minha espera ou não.

O tempo passava. Eu já ia acabar o café, levantar-me e sair. "Aí, será 'nunca mais'! Sem mais chances!", repeti mentalmente.

Cheguei a chamar o garçom para pagar a conta, quando vi um homem aproximar-se e percebi que ele tinha as mãos trêmulas. De repente, perguntou-me inseguro:

— É a senhorita Elizabeth?

— Sou, sim. Em que posso ajudá-lo? — respondi ansiosa.

— Creio que temos um encontro.

Senti as pessoas das outras mesas nos olharem. Será que pensavam que era algum namorado? Não. Ele era velho demais.

---

2 O conceito de existir é quando concebemos, percebemos e sentimos. Cada vez que trazemos para a lembrança um fato, seja ele qual for, existimos emocionalmente ali.

Parecia ter uns quarenta anos ou mais, quase sem rugas ou cabelos grisalhos.

Indiferença foi o que senti nos primeiros minutos. Um total desconforto e um silêncio de cortar de faca abateram-se sobre nós. Para quebrá-lo, perguntei cruamente:

— O que quer de mim depois de tantos anos?

— Tantos anos... — ele repetiu olhando para o nada. — Quer mais um café? — perguntou.

— Não! Já tomei dois — respondi não muito cortês.

— Desculpe-me o atraso, mas, na última hora, tive dúvidas.

— Pensou em não vir?! — perguntei indignada.

— Para lhe dizer a verdade, pensei, sim.

— Mas me disseram que nos procurava havia três anos!

— É verdade. Três anos de longa procura até que o detetive as encontrou. Pensei várias vezes que a terra as tinha engolido e que eu nunca mais as encontraria.

— Para quê tanta preocupação? Você nunca se importou, não é? — falei com certa crueldade.

— Me importei, sim. Pensei em sua mãe várias e várias vezes... e em você. Se era menino ou menina.

— E mesmo assim nos abandonou.

— Eu não tive escolha.

Olhei-o com desprezo e repeti:

— Não teve escolhas? Sempre temos escolhas.

— Entendo que tenha raiva de mim, que ama seu padrasto... Foi a dúvida se eu deveria ou não estar aqui que me assolou no último momento.

Eu não disse nada, não gostava dele. "Não deveria ter vindo", pensei. O garçom trouxe café para ele.

— Preciso que me dê uma chance para que me conheça e me ame.

— Para quê? Já são vinte anos.

— Eu sei que você tem vinte anos e que deve ter maturidade suficiente para me entender.

— Não tenho e não o perdoo pelo que fez à minha mãe. Você não sabe o que ela sofreu! Meu pai foi o único que a socorreu e nos amou.

Quando eu disse "meu pai", acentuei a expressão referindo-me ao meu padrasto.

— Você sempre o chama de pai?

— Ele é o único pai que conheço. O único que me ama, me alimenta, me veste e que sempre esteve comigo quando eu precisava.

— Entendo seu ódio por mim e o seu amor por ele, mas queria que soubesse que sinto a necessidade de conhecê-la. Algo grita dentro de mim que já temos vínculos, que não posso simplesmente ignorar nossos laços. Entendo também que, em relação à sua mãe, perdi qualquer direito. Não vou incomodá-la, mas peço que, por favor, me dê uma chance.

— O que quer de mim?

— Que venha morar comigo por uns tempos, só isso.

— E por que eu faria isso?

— Pela chance de que preciso. Por favor, implorarei se preciso for.

— E sua família? Como reagirá à minha presença? Uma intrusa, filha de um passado?

— Você não é uma intrusa, é minha filha, minha única filha. Eu jamais me casei.

— Ah, você, então, se sente solitário e descobriu que sou importante, é isso? — perguntei com desprezo na voz.

— É e não é. Eu poderia me juntar a qualquer mulher, mas não quero. Preciso que minha filha me ame e preciso disso desesperadamente. Será que não entende? Foram três anos de procura, de despesas e apreensão! Por favor, eu lhe imploro e implorarei quantas vezes forem necessárias! Preciso dessa chance.

Observando-o, podia sentir que estava emocionado, mas eu me sentia indiferente. Que diferença fazia a pessoa que depositara o esperma no útero de minha mãe? Eu julgava-o, ignorando que os laços de parentesco e amizade raramente ocorrem na primeira vez.

Não tínhamos laços. Ele era biologicamente meu pai por acaso, pensava erroneamente. Bem que eu gostaria que meu padrasto fosse meu pai biológico.

Eu deveria ou não dar a chance àquele homem de me conquistar, de sentir-se meu pai? Como ficaria meu padrasto? Será que ele se sentiria abandonado? Nunca. Meu sentimento por ele era um amor imenso, coisa que por aquele homem, que se dizia meu pai, eu jamais sentiria, julguei.

— Não pode crer que em dias, ou talvez nem em anos, eu passe a amá-lo. Meu pai conseguiu isso por todo o carinho, respeito e amor que sempre me dedicou.

— Eu entendo, mas o pouco que doará a mim com certeza não fará falta ao "seu pai".

— Preciso pensar — falei levantando-me, e ele segurou uma de minhas mãos.

— Espere, eu não tomei meu café, e ainda temos muito para conversar.

Voltei a sentar-me a contragosto. A dúvida permanecia: ele merecia ou não a tal chance que me implorava?

— Moro no Rio de Janeiro e apenas lhe peço que vá passar uns quinze dias comigo para que possamos conviver um pouco.

Enquanto ele tomava o café lentamente, como se quisesse prolongar o tempo, e falava, dúvidas continuavam a assolar-me. Será que ele ainda era o mesmo homem que minha mãe amara e que depois a abandonara? Resolvi perguntar de chofre:

— Você amou minha mãe?

Ele olhou-me com o ar assustado e respondeu sem pestanejar:

— Amei muito.

— Então, por que nos abandonou?

— É uma longa história, que eu pretendo lhe contar, mas preciso que me conheça antes para saber que não mentirei, para saber que é verdade, pois parece coisa de folhetim.

— Você está fugindo de minha pergunta.

— Filha, a vida não é um mar de rosas e romance. As coisas são duras, e a liberdade que queremos nem sempre está à mão. Talvez você não entenda ainda, pois é jovem, tem vinte anos, não é?

— A mesma idade que o senhor provavelmente tinha quando nos abandonou. Minha mãe era mais jovem ainda.

Ele expressou tristeza com meu tom.

— Só lhe peço que me dê uma chance, só isso. Se eu não conseguir fazê-la me amar, talvez não como pai, mas pelo menos como amigo, desaparecerei para sempre de sua vida.

— Preciso ir — disse-lhe em tom não amigável.

— Está bem! Tome meu endereço, estou nesse hotel. Me mande logo uma resposta, se irá ou não comigo. Por favor, não me torture.

— Vou pensar — respondi vagamente, pegando o papel com o endereço que ele me entregara.

Fui para casa, e minha mãe esperava-me ansiosa. Assim que entrei, ela me perguntou:

— O que ele queria, filha?

— Uma chance para que eu o ame, se não como pai, pois é impossível, pelo menos como amigo.

— Você lhe dará essa chance, não?

— Não sei. Não avaliei ainda.

— Dê, minha filha. Prove que você não é igual a ele. E outra coisa: todo mundo tem o direito de se arrepender.

— E meu pai como ficará?

— Ele sabe que você o ama. Peço-lhe que converse com ele. Eu nunca o enganei. Ele se casou comigo quando você tinha dois anos. Nunca a rejeitou.

— Não consigo conceber ainda que tenho outro pai. Não sei se o amarei ou se gostarei dele algum dia. Mãe, me conte detalhadamente o que aconteceu.

— Não gosto de me recordar disso.

— Por favor, preciso decidir. Pediu-me para ir morar com ele por pelo menos quinze dias. Anos se passaram, mas as reminiscências da personalidade sempre ficam. Como ele pôde ter nos abandonado e nos esquecido tão completamente?

— Eu tinha dezessete anos incompletos quando o conheci. Foi amor à primeira vista, fulminante, e aconteceu para ambos. Estávamos em uma festa, eu o vi e não consegui tirar os olhos dele.

"Ele aproximou-se e tirou-me para dançar. Era o aniversário de uma prima minha, e ele fora à festa com um amigo. Não dancei com mais ninguém. Ficamos juntos a noite inteira. Era um prazer, como se sentíssemos saudades um do outro.

"Tínhamos muito para conversar. Falamos, falamos de nós, nos recordamos de nossa infância e rimos felizes. Parecia realmente um reencontro. Talvez você não entenda, mas quem sabe lhe acontecerá?

"A festa acabou, mas não queríamos nos separar e marcamos um encontro, escondido de meus pais. Eles me diziam que eu era jovem demais ainda para namorar."

— Por isso foi escondido?

— Sim. Julguei que não valia o desgaste. Eu sabia que ele era de outro Estado e estava morando ali por uns tempos. E, apesar da paixão instantânea, não acreditei que algo mais sério fosse acontecer entre nós.

— E ele concordou com você?

— Nem sei se contei a ele, mas não tem importância se eu disse, não é?

Balancei a cabeça concordando, pois não queria que minha mãe se sentisse culpada. Ela continuou:

— Passei aquela noite com o sono entrecortado, como se eu fosse acordar e descobrir que ele não existia, como um encanto. No dia seguinte, um domingo, nos encontramos perto de minha casa. Conversamos, nos beijamos com fúria e amor e continuamos às escondidas.

"Meus pais confiavam em mim, e minhas amigas acobertavam a relação, pensando que me faziam feliz, e realmente faziam, pois era o que eu queria. Não tínhamos freios. Estávamos entregues à febre da paixão. Eu sentia uma necessidade enorme dele. Você não tem ideia do que é isso. Precisa apaixonar-se para saber.

"Traí todos meus bons princípios e cuidados que deveria ter. Fazíamos juras de amor, de que nunca nos separaríamos, mas não foi assim. Em seis meses, ele me contou que partiria, que precisava ir embora. Choramos, mas ele jurou que voltaria. Me deu o endereço de onde morava, me disse que em um mês estaria de volta e que oficializaria nosso namoro."

— Ele foi e nunca mais voltou, não é?

— Infelizmente, sim. Quando descobri que estava grávida, desesperei-me, escrevi várias e várias cartas e implorei a ele que viesse me buscar. Ele não veio. Esperei em desespero, pensei até que tivesse morrido e acreditei que só assim ele me abandonaria. Conformei-me com meu destino, pois ainda o amava desesperadamente. Senti-me viúva sem marido. Quando meus pais souberam que eu estava grávida, se cobriram de vergonha e tiraram-me da cidade para que não me vissem. Mandaram-me para a casa de um parente muito afastado, que morava em um sítio isolado. Meu pai me odiou pela leviandade, afinal, eu traíra a confiança deles. O que eles não entendiam, contudo, era como eu me sentia. Um amor desesperado e uma necessidade ainda mais desesperada do outro. Consegue entender, filha?

— Não sei, mãe.

— Tente, por favor, tente. Saí da casa de meus pais sentindo-me escorraçada, com uma dor enorme por ter sido abandonada por meus pais e por ele. Pedi à mamãe que informasse meu paradeiro a ele. Eu estava convencida de que ele voltaria e, se não voltasse, só podia estar morto. Na casa desse parente, fui bem tratada. Eram primos de minha mãe. Quando você nasceu, não quis abandoná-la, então, como voltar? Fiquei morando lá, afastada de minhas amigas e de meus pais, e chorava de saudades de todos. Jovem, sentia-me enterrada em um fim de mundo, afastada de tudo. Esse era meu castigo por ter amado tanto e por não ter pensado nas consequências. Por ter me entregado de uma vez, de corpo e alma.

"Eu fazia de tudo para ajudar. Cuidava de você e ajudava nos afazeres da casa. Meus primos de segundo grau já eram idosos, tinham filhos adultos, e você, com o tempo, acabou sendo bem-vinda para eles. Eu costurava também para todos. Era um modo de pagar pela hospitalidade de meus parentes.

"Quando você estava com quase um ano de idade, conheci um rapaz forte, alto e simpático, que foi até lá fazer uns reparos na cobertura da casa. Ele ficou dias, pois precisou refazer quase toda a cobertura. Como o sítio era um local afastado, esse rapaz ficou morando no celeiro, mas fazia as refeições conosco.

"Ele se apaixonou por mim. Eu gostava dele, não sentia o amor que tivera pelo outro, mas gostava. Depois que o serviço acabou, esse rapaz começou a voltar lá para me ver e também se apegou a você. Quase um ano depois de nos conhecermos, nós nos casamos, e ele a assumiu como filha e a registrou com o sobrenome dele. É um bom homem, você sabe. Sempre foi honrado.

— E nunca nos abandonou — completei.

— É, filha. É como se fosse seu pai de verdade. Ele não vê diferença entre você e seus dois irmãos.

— E como pode aquele homem, que a abandonou sozinha comigo, querer que eu o ame? Poderíamos ter morrido de fome e frio.

— Filha, ele levou três anos nos procurando. Algo deve ter acontecido. Não fará mal dar uma chance a ele. O perdão faz bem à alma.

— Mãe, você ainda o ama?

Minha mãe levantou-se e foi até a janela. Eu me senti gelar. Aquela demora em responder indicava que sim. Não esperei para ouvir a resposta. Saí da sala e fui para meu quarto, pois precisava pensar, pois imaginava que, se ficasse na casa dele por quinze dias, estaria traindo meu padrasto. Eu nunca o magoaria, pois ele sempre estivera presente na minha vida, me assumindo e acalentando. Eu o amava e respeitava muito.

Ninguém sabia que ele não era meu pai verdadeiro. Eu, inclusive, só descobrira aos catorze anos, quando vi em um documento o ano do casamento de meus pais. No início, pensei que talvez eles tivessem vivido juntos antes de se casarem, mas isso não fazia o tipo dele. Decidi perguntar à minha mãe, mas foi ele quem me contou a verdade e a defendeu. Lembro-me até hoje de todas as suas palavras:

"Eu trabalhava de conserta-tudo. Um dia, deu um vendaval na cidade, e eu passei a consertar telhados, pois queria juntar dinheiro para meu futuro. Depois de consertar os telhados na cidade, fui para a periferia e de lá para os interiores. Descobri que no interior um 'conserta-tudo' era bem pago, pois eram raros por lá.

"Fui a um sítio onde um telhado precisava ser refeito quase completamente e ficaria dias no local para refazê-lo. Deixaram-me dormir no celeiro, mas eu fazia as refeições com a família. Sentia-me bem recebido, via a moça com a criança na casa e pensava: 'Tão jovem, linda e já viúva. Que azar'. Depois, descobri que ela nunca fora casada. Me apaixonei pela moça e, mesmo depois de terminar o serviço, voltei à casa para cortejá-la. A criança, uma menina muito pequena ainda, me fazia questionar: 'Que diacho de homem é esse que abandona a mulher e a filha, as duas lindas assim e tão amorosas? Só tendo morrido!'.

"Ele morreu, ela não teve culpa. Resolvi me casar com sua mãe e adotá-la. Você é e sempre será minha filha..."

Até eu acreditara nessa história de que meu verdadeiro pai havia morrido, porém, dias atrás, tive a surpresa: ele estava nos procurando e queria conhecer-me.

Ele me conheceu, mas e agora? Queria que eu lhe desse uma chance de amá-lo. Precisava conversar com meu padrasto, que eu considerava meu verdadeiro pai, e saber como ele se sentiria e só aí eu tomaria uma decisão. Se eu percebesse que isso o faria infeliz, não iria.

Depois do jantar, pedi ao meu padrasto para conversarmos a sós. Segui para meu quarto, e ele foi junto. Tranquei a porta do quarto, pois queria só nós dois ali. Precisava saber como ele se sentia diante daquela história.

— Pai, me diga como se sente com essa novidade. Seja sincero, pois preciso tomar uma decisão. Por nada e de modo algum, eu o magoaria.

— Você foi encontrar-se com ele?

— Fui.

— O que achou?

— Nada. Ele quer que eu more com ele por pelo menos uns quinze dias. Quer que eu lhe dê uma chance, que o conheça e o ame.

Meu padrasto aproximou-se, sentou-se na cama ao meu lado e abraçou-me, dizendo calmamente:

— Filha, ouça seu coração. Ele normalmente tem mais bom senso nessas ocasiões.

— Estou dividida — disse chorando, tomada pela angústia que me assolava.

— Quinze dias, um mês ou dois não são nada.

— Mas e você? Não se sentirá traído ou abandonado?

— Terei ciúme, confesso, mas posso dominar. Só tenho que agradecer a ele, pois esse homem errou, e errou feio, porém, graças ao erro dele, ganhei você e sua mãe de presente. Eu as tenho na minha vida, vocês são minhas. Ele não sabe o que perdeu! Sou e fui feliz com vocês e duvido que ele tenha se sentido tão feliz algum dia quanto eu. Talvez tivesse sido mesmo bom que ele estivesse morto, como pensávamos. Não sofra tanto, pois tudo é temporário, filha. Tudo passa rápido: os bons e maus momentos. O importante é o que já construímos entre nós dois, e eu creio que o amor, qualquer tipo de amor, foi Deus quem criou e não foi criado para ser destruído. Ele é eterno, e acredito que nem a morte consegue isso.

"Vá. Sei que é minha filha, e nada apagará todo esse tempo de amor e carinho. Não sofra. Pense que vai tirar férias do seu velho pai."

— Sentirei saudades, pai.

— Então, volte, pois estaremos aqui. Você está na idade de sair sozinha, viajar e ter férias da família — ele disse tentando brincar, distrair-me e diminuir minha tensão.

— Amo você — eu disse, agarrando-me mais a ele.

— Eu também, mas vá. Tire esse peso do coração. Você é uma boa garota, sempre foi e tem um coração grande. Sei que se der um pouco de amor a ele, o meu continuará intocado. Talvez eu fique um pouco enciumado, mas também tenho ciúmes dos seus namorados e, no entanto, continuo querendo ter netos! Tudo tem um preço!

Meu padrasto beijou-me na testa e disse amorosamente:

— Qualquer coisa, mande me avisar, e nada me impedirá de ir buscá-la, nem que eu esteja no fim do mundo. Durma, mande a resposta a ele amanhã mesmo, resolva essa situação, pois se sentirá melhor.

Ele beijou-me na face, acariciou meus cabelos e saiu. Eu queria que ele fosse meu pai biológico, pois assim não estaria naquela agonia. Será que eu estava agindo certo ou errado? Que conflito!

Capítulo 2

No dia seguinte, pedi a um dos meus irmãos que levasse minha resposta ao hotel, avisando ao meu pai que eu iria passar uns dias com ele. Recebi na hora um recado dele de que nos encontraríamos novamente no café para conversarmos sobre detalhes da viagem. Jurei a mim mesma que, se ele se atrasasse um segundo, eu não o esperaria. Quando cheguei, meu pai biológico já estava lá, sentado de frente à porta.

Olhei-o e tive vontade de voltar. Quando me viu, ele sorriu, e senti que ele estava feliz. Caminhei até meu pai biológico com meu coração disparado, pois a dúvida ainda me assolava.

— Filha, que bom que entendeu — disse querendo parecer natural, mas senti a ansiedade em sua voz.

— Peço que não me chame de filha.

— Mas você é minha filha.

— Não me sinto assim — respondi de maneira mal-educada.

— Está bem. Sei que levará um tempo para se acostumar. Sente-se.

Sentei-me e pedi um café com leite.

— Quer um pedaço de bolo? — perguntou querendo me agradar.

— Não. Não estou com fome.

— Está bem. Vamos conversar, então.

— Você havia dito que queria combinar a viagem.

— Isso mesmo. Como já lhe disse, moro no Rio e acho que você gostara de lá. Faremos muitos passeios.

— O que preciso levar?

— Nada, se não quiser. Pode levar apenas suas coisas pessoais.

— Não está pensando que me comprará com coisas e roupas bonitas, está?

— Desculpe, não é isso. É só a vontade de lhe dar tudo o que eu deveria ter lhe dado durante toda a sua vida.

— Quero o endereço certo. Se eu quiser voltar, meu pai disse que iria me buscar, custasse o que custasse.

— Se quiser voltar, seu padrasto não precisará buscá-la. Eu mesmo a trarei pra cá, mas você precisa me dar uma chance, pois do contrário não funcionará.

— Se estou aqui, é para lhe dar uma chance. Do contrário, não teria vindo.

— E eu continuaria tentando.

Ele combinou a viagem comigo e pediu-me que o encontrasse no hotel no dia seguinte. Não vira minha mãe ainda e não perguntou por ela. Intuitivamente, temi o encontro dos dois e logo deduzi que meu pai biológico tinha medo de encontrá-la.

No outro dia, bem cedo, pedi ao meu padrasto que me levasse ao hotel, pois queria que meu pai biológico me visse ao lado dele, notasse o carinho e o amor filial que eu sentia por meu padrasto. Talvez eu estivesse buscando uma forma de castigá-lo.

Meu padrasto acompanhou-me; parecia preocupado. Ao apresentá-los, eu disse:

— Pai — me referindo ao meu padrasto —, este é o senhor Camargo.

Eles cumprimentaram-se apertando as mãos, e a nenhum dos dois passou despercebido meu comportamento hostil.

— Cuide bem de Elizabeth. Se algo acontecer a ela, eu o procurarei até o fim do mundo — ameaçou meu padrasto.

O senhor Camargo riu tristemente e observou:

— Eu nunca faria mal à minha filha.

Abracei meu padrasto, e nós ficamos abraçados por um longo tempo. Ele acariciou meus cabelos e sussurrou:

— Vá, filha. Já sabe: qualquer coisa me avise, e irei buscá-la.

Ainda agarrada a ele, balancei a cabeça concordando. Temia deixá-lo e sentia-me uma garotinha pequena agarrada ao pai, com medo de tomar uma injeção.

Ele afastou-se, mas virou a cabeça e olhou para mim. Tive vontade de correr para ele, contudo, não o fiz. Minhas malas ficaram no saguão.

— Venha, ainda não terminei as minhas — disse o senhor Camargo.

— Está sempre atrasado — falei de forma dúbia.

— Às vezes, sim.

— Prefiro esperá-lo aqui, no saguão.

— Está bem! Descerei logo.

Ele saiu. Andei pela recepção do hotel, sem parar de me questionar: "O que posso esperar desse homem?". Não sabia se ao menos simpatizava com ele ou não e tinha dúvidas se deveria tentar. Embora estivesse de malas prontas, olhei-as com vontade de pegá-las e correr para casa.

Será que, naquele momento, eu estava abrigando-me na luz ou na sombra?

Pouco menos de quinze minutos depois, ele voltou com as malas dele. Todas eram de couro legítimo. Ele realmente devia ter dinheiro ou apenas quisesse me impressionar. "Esse homem não vai me comprar", pensei.

Pegamos, finalmente, um avião para o Rio de Janeiro. Durante a viagem, ele só perguntava de mim, como fora minha infância, como eram meus irmãos e, finalmente e de um jeito embaraçado, como estava minha mãe.

— O que aconteceu? Não vai me contar? — para mim, ele parecia fugir do assunto.

— Não! Agora não. Quero que me conheça antes.

— Ao menos, você a amou de verdade? Por favor, responda.

Eu já fizera essa pergunta, e ele respondera que sim, mas não me convenceu. Eu acreditava que quem ama não abandona.

Ele desviou o olhar de mim, e eu temi que dissesse não. Fiquei angustiada, e, finalmente, meu pai biológico respondeu quase sussurrando:

— Sim. Já lhe disse que sim.

Um alívio percorreu meu corpo. Parecia-me que, dessa vez, ele me convencera. Minha mãe me passara quase a certeza de que ainda o amava em primeiro lugar, e eu deveria detestá-la por isso, mas sentia pena, uma lástima imensa por ela ao constatar o fato.

O que a fazia amar um homem mesmo depois de vinte anos de abandono? E meu padrasto lá, devotado, como se ela fosse uma deusa, cuidando dela, dividindo as agruras do dia a dia. Mesmo assim, ela tinha meu pai biológico em primeiro lugar. O homem que a abandonara, aliás, a nós duas.

Esperei que ele completasse, mas ficou em silêncio durante muito tempo, olhando para outro lado. Questionei-me o que ele estaria sentindo. Medo? Arrependimento? Muita solidão? Obrigação somente? Depois, ele começou a me contar como era o Rio de Janeiro, as praias, os bosques, o sol sempre brilhante, as praças.

Eu procurava me interessar pelo assunto, mas me pegava divagando. Quem era aquele homem que despertara aquela paixão avassaladora, tantos anos atrás, em minha mãe? Que poder maligno ele tivera ou ainda tinha sobre ela? Será que isso acontecera devido à pouca idade e maturidade?

Quando chegamos ao Rio de Janeiro, um carro com motorista nos esperava. Seguimos em silêncio por ruas movimentadas e depois por ruas muito arborizadas e de casas de grande porte.

Paramos em frente a portões de ferro trabalhado. O motorista desceu, abriu o portão, e nós entramos na propriedade. Quando vi a casa, perdi o fôlego. Os enormes portões escondiam um palacete com um imenso jardim. Meu pai biológico notou minha reação de surpresa e perguntou satisfeito:

— Gostou?

— É luxuosíssimo.

— É, sim. Mas você não imagina a solidão que sinto aqui. Sou como um canário preso em uma gaiola de ouro.

— Com todo o dinheiro que aparenta ter, deve ter muitos amigos, gente da alta sociedade, gente importante.

Ele sorriu e não me respondeu de imediato. Depois, perguntou:

— Quer uma festa com toda essa gente? Eu lhe darei.

— Para quê? Não conheço ninguém.

— Nem eu — afirmou tristemente.

— Como assim não conhece ninguém? Você acabou de dizer que poderia convidá-los.

— Do prefeito ao governador.

— E como não os conhece?! — perguntei indignada.

— Você disse que eu provavelmente tinha muitos amigos, mas eles não são meus amigos. Só os conheço superficialmente, com a carapaça que usam na sociedade, assim como eu.

Encarei-o. Não sabia se entendera. Paramos em frente à casa. Ele me ajudou a descer do carro, dizendo com certa felicidade:

— Venha, minha princesa. A casa é sua, fique à vontade. Se não gostar do quarto que reservei para você, é só pedir outro, e mudarei.

— Quantos empregados há aqui?

— Uns dez.

— Tudo isso só para você?

Ele riu.

— Não são apenas para mim. Há os jardins, a casa e a segurança.

— Anda com seguranças?

— Às vezes, sim.

— Por quê?

— Às vezes, ando com valores.

— O que faz, senhor Camargo?

— Herdei muitas ações, uma construtora e outros pequenos negócios.

— Não tem irmãos?

— Tive um, mas morreu dias antes de se casar. Está com fome?

— Não!

— Quer tomar banho?

— Gostaria muito.

— Não tem problema.

Acabamos de entrar na casa.

— Ana — ele gritou da sala, e uma mulher não muito jovem veio atendê-lo.

— Ana, esta é minha filha Elizabeth. Ela quer tomar um banho.

— Pois não, senhorita. Eu a levarei ao seu quarto. É por aqui.

— Vá, Elizabeth. Se estiver cansada, durma. Eu a encontrarei no jantar.

— A que horas será servido? — perguntei, sentindo-me deslocada.

— À hora em que tiver fome, princesa — ele me respondeu, olhando-me como se não acreditasse que eu estava ali.

O quarto era enorme e decorado com luxo. Havia um banheiro ao lado só para mim, impecavelmente limpo, com uma banheira enorme. Os azulejos eram decorados nas cores branca e azul.

Andei pelo quarto. Não conseguia sentir-me à vontade naquele luxo, não era o meu mundo. Ana ficou esperando quieta, enquanto eu examinava tudo.

— Trabalha há muito tempo nesta casa? — perguntei, enquanto imaginava como era viver ali.

— Sim, senhorita. Há uns dez anos.

— O que faz aqui?

— Tomo conta dos serviços domésticos.

— Que tipo de homem ele é?

— Solitário. Não dá festas e evita ir a elas.

— Ele não tem namoradas?

— Ultimamente, que eu saiba, não. Onde quer colocar suas coisas?

Percebi que ela não queria continuar a conversa, então, eu disse:

— Deixe que eu mesma arrumo.

— Terei prazer em ajudá-la, senhorita.

— Pode me chamar apenas de Elizabeth. Não gosto de ser tratada com pompa.

— Seu pai pode não gostar.

— Problema dele — respondi um tanto grosseira.

— Está bem, senhorita Elizabeth.

— Ana, só Elizabeth.

— Desculpe, Elizabeth.
Ela abriu minha mala e perguntou:
— O que quer que eu separe para vestir depois do banho?
— Deixe. Eu costumo resolver depois do banho.
— Elizabeth...
— Sim, Ana, fale.
— Não magoe seu pai — Ana pediu insegura.
— Foi ele quem me magooou muito, não acha?
— Desculpe, eu não concordo.
— O que sabe sobre isso?
— Muito pouco, Elizabeth. Vou me retirar. Se desejar, colocarei alguém para servi-la.
— Não sou aleijada — fui novamente grosseira, mas me arrependi no ato.
— Desculpe.
— Eu que lhe peço desculpas. Não estou acostumada a ter empregados me vestindo e me servindo. Creio que não gosto de me sentir inútil.

Ana riu de minha franqueza, pediu licença e saiu. Andei pelo quarto e olhei os jardins pela janela.

"Que mansão!", pensei. "Por que ele foi me buscar? Por que nunca se casou? Ele é bem-apessoado, rico, e certamente não lhe faltavam mulheres. Talvez, por isso mesmo, andou com todas, mas sem compromisso. Nenhuma delas deve ter desejado se casar com ele. Provavelmente, tenha mais filhos bastardos espalhados..."

Bastarda! Era isso que eu era. Tive vontade de chorar ante a classificação que me dava a realidade da palavra. Lembrei-me, então, de meu padrasto. Para ele, eu não era uma bastarda. Eu tinha um pai de verdade e o amava muito. Éramos importantes um para o outro, e este era o vínculo fundamental. "Se esse senhor Camargo pensa que me comprará, está redondamente enganado! Vai se dar mal!", pensei.

Eu ficara impressionada com a casa, era verdade, afinal, só aquele quarto e o banheiro eram do tamanho da sala, da cozinha e do meu quarto juntos da casa onde eu vivia com minha família.

Em São Paulo, minha casa tinha três dormitórios confortáveis, mas não era luxuosa. Mamãe e eu cuidávamos de todos os afazeres e costurávamos para a família.

Entre os irmãos, eu era a única mulher. Meus irmãos eram muito chegados ao meu padrasto, mas entre mim e ele havia algo especial, talvez o fato de eu ser a única filha mulher.

Meu padrasto sempre me deu muito carinho, não permitia que meus irmãos brigassem comigo e ralhava com eles quando me xingavam nas brigas de crianças, sem se preocupar se eu os provocara ou não.

A banheira estava cheia. Tirei a roupa e entrei. "Que delícia! Um banho de Cleópatra!", pensei e olhei em volta da banheira. Havia sabonetes, perfumes e óleos de banho. "Que beleza de perfumes franceses, meu Deus!"

Não sei por quanto tempo fiquei ali me deliciando. Fazia calor, e a água demorou a esfriar.

Depois do banho, procurei na mala algo leve para vestir. Não estava com sono. Passei um batom de cor suave e saí do quarto com os cabelos soltos, como costumava ficar em casa. "Se ele quer me conhecer, me conhecerá assim: informal, como eu sou."

Enquanto descia as escadas, observei ainda do alto a sala. Era um exagero. Mal desci as escadas, e Ana veio ao meu encontro, perguntando com certa preocupação:

— Não vai dormir? Não está cansada?

— O banho me despertou.

— Quer um lanche?

— Ana, me faça um favor! Não fique me perguntando a todo o momento se eu quero algo. Se eu quiser, irei até a cozinha e pegarei.

— Não é esse o costume nesta casa, Elizabeth. Nós servimos.

— Pode não ser o da casa, mas é o meu.

— Está bem, Elizabeth.

Percebi que Ana não ficava à vontade me chamando de Elizabeth, mas era assim que eu gostava de ser tratada, pois aquele era simplesmente o meu nome.

— E o senhor Camargo, onde está?

— Não sei. Deve estar no gabinete ou nos jardins.

— Obrigada, Ana.

Saí da casa e comecei a andar pelo jardim da frente da casa. Era lindo, bem cuidado e parecia um parque de tão grande. Vi o senhor Camargo, estava sentado em um banco, ainda com a mesma roupa da viagem. Fui até ele, que sorriu ao me ver.

— Está linda de cabelos soltos.

— Obrigada. Pensei que não gostaria.

— Fez isso para me agredir, então? — perguntou tristemente.

— Não. É o jeito que eu costumo ficar em casa.

— Você está em casa, filha.

— Eu não me sinto assim.

— Eu sei. Isso virá com o tempo, e você terá todo o tempo do mundo.

— Senhor, por que não se casou?

— Confesso-lhe que tive namoradas, mas não consegui me casar, filha.

— Como assim?

— Não sei se você me entenderá. Já amou alguém?

— Como mulher, não.

— Preferia que tivesse amado, pois assim entenderia mais facilmente. Venha, vou lhe mostrar algo.

Ele levantou-se e pegou minha mão. Por reflexo, puxei-a. Meu pai biológico olhou para minha mão e meu gesto, nitidamente decepcionado. Não disse nada, só repetiu:

— Venha!

Acompanhei-o, enquanto ele falava.

— Esta casa está na minha família há quase trezentos anos. É lógico que foi reformada, modernizada, assim como o jardim. Meu irmão e eu brincávamos muito aqui.

— E seus pais, como eram?

— Minha mãe era um tanto ausente, e meu pai estava sempre trabalhando. Nós ficávamos com as babás, que não passavam muito tempo aqui, pois minha mãe tinha um gênio difícil.

— Você não se sentia amado na infância?

— Eu e meu irmão fazíamos companhia um ao outro. Brigávamos às vezes, mas nos dávamos bem.

— Faz tempo que seus pais morreram?

— Seus avós. Não! Meu pai faleceu no ano passado, e minha mãe há uns cinco anos.

Enquanto conversávamos, eu o seguia. Chegamos atrás da casa, onde havia um enorme viveiro de pássaros, cada um mais lindo que o outro. O local era tão grande que havia duas pequenas árvores dentro dele.

— Nossa! Que lindos! São todos pássaros nativos? — perguntei admirada.

— Não. Há pássaros de todos os lugares aqui. É o meu *hobby*. Adoro acordar e ouvi-los. Meu quarto é aquele.

Ele apontou para cima, e eu vi a janela situada pouco acima do viveiro.

— Eles devem fazer muito barulho, não?!

— Para mim, é como música. Gosto de ficar na cama ouvindo-os cantar.

Ele começou a discorrer sobre as várias espécies, os tipos de cantos, e senti que meu pai biológico realmente gostava dos pássaros. Ele me disse que cuidava dos animais pessoalmente e, só quando viajava, deixava a cargo dos empregados.

— Você viaja muito?

— Sim, mas ultimamente tenho evitado.

— Vou atrapalhá-lo com minha presença?

— De modo algum! Tirei alguns dias de férias e tenho administradores de confiança, que sobreviverão sem mim.

Sorri e tive vontade de dizer: "Eu sobrevivi", mas fiquei quieta. Minha revolta inicial estava passando e lembrei-me do que meu padrasto me dissera antes de eu viajar: "Azar o dele. Ficou sem vocês, enquanto eu tive o prazer de tê-las só para mim. Ele não sabe o que perdeu".

— Gostou deles?

— Adorei!

Ele voltou a falar dos pássaros durante muito tempo, sobre as espécies, os países de origem. Depois, perguntou-me:

— Elizabeth, quer jantar em casa ou ir a algum restaurante?

— Prefiro em casa. Estou cansada e sem um pingo de vontade de me arrumar para sair.

— Você é quem manda! O que gostaria de comer?

— Qualquer coisa. Não sou de luxos.

Ele sorriu.

— Está bem! Escolherei!

Ele saiu, e eu fiquei olhando os pássaros. Que tipo de homem era aquele que amava os pássaros, mas abandonara a filha e a mulher que dizia amar?

Comecei a andar pelo jardim. Tinha a sensação de que meu pai biológico estava feliz com minha presença, mas eu era uma estranha que ele conhecera havia três dias apenas.

Jantamos a sós, e eu senti desconforto com os empregados nos servindo um banquete que alimentaria lautamente minha família por dois dias. Eu não disse nada; limitei-me a experimentar um pouco de cada coisa. Conversamos um pouco mais, e lembrei-me de que não desfizera as malas.

— Gostou do quarto? Eu o escolhi, porque a janela fica de frente para o jardim e para a rua.

— Gostei.

— Se quiser, pode olhar os outros e mudar.

— Não, estou bem.

— Vamos dormir, pois estamos cansados. Amanhã, eu a levarei para conhecer a cidade.

— A que horas quer sair?

— Não se preocupe, eu a espero. Durma à vontade.

Desejei boa-noite a todos e subi. No quarto, minha cama já estava pronta, e minhas roupas haviam sido acomodadas nos armários. Eu mesma queria ter feito aquilo, mas me esquecera. Para mim, não tinha importância se ficassem mais tempo na mala.

Só depois que me deitei, percebi como estava cansada. No dia seguinte, escreveria à minha família, pois deveriam estar preocupados.

Dormi e só acordei no dia seguinte com os pássaros. Notei que alguns tinham trinados bem diferentes do que eu estava acostumada a ouvir em São Paulo.

Realmente era gostoso acordar com aqueles trinados. Imaginei meu pai com o quarto bem acima do viveiro, com o som mais nítido. Desci para o café, e ele já estava sentado à mesa.

— Bom dia. Dormiu bem, princesa?

Ele levantou-se, aproximou-se e beijou-me na testa. Notei que meu pai era bem mais alto que eu.

— Bom dia. Dormi muito bem — respondi.

— Tome seu café e depois se troque. Coloque um vestido mais leve, pois aqui é muito mais quente, do contrário, morrerá cozida.

— Está bem, mas não sei se tenho algo muito mais leve.

— Vista-se com o mais leve que puder. Aproveitaremos o passeio para lhe comprar roupas.

— Eu tenho muitas — aleguei.

— Terá ainda mais — afirmou ele, como se quisesse me oferecer o mundo.

Sentei-me à mesa e comecei a servir-me. Senti que ele me olhava. Ao lado da xícara havia um pequeno pacote.

— É para mim?! — perguntei surpresa.

— É sim, querida.

Eu abri o pacote. Era um lindo anel de brilhantes.

— É lindo! Maravilhoso!

— Coloque-o. Se ficar grande ou pequeno, eu o troco por outro igual.

Eu coloquei o anel e disse agradecendo:

— Ficou ótimo! É lindo!

Ele sorriu satisfeito ao notar minha alegria.

— É uma forma de agradecer pela oportunidade.

Eu olhei para meu pai, sorri e me perguntei mentalmente: "Será que ele está tentando me comprar? Ou está querendo me agradar ao seu modo?".

Logo depois do café, saímos de carro e andamos pela cidade, que era linda. Parávamos em pontos interessantes, almoçamos em um belo restaurante, e notei que o conheciam. Todos o cumprimentavam e me olhavam com certa malícia. Notei que ele não me apresentara a ninguém, embora as pessoas ficassem esperando.

Após o almoço, ele levou-me a uma loja, e eu passei a tarde experimentando roupas e sapatos. Só escolhi, no entanto, dois vestidos de tecidos mais leve que os meus e duas sandálias. Ele escolheu mais três, embora eu insistisse que não precisava.

Meu pai tentou pagar a conta discretamente, mas eu vi e me assombrei com o valor das roupas e calçados: dois meses de salário de meu padrasto.

"Se você quer me comprar, não conseguirá." Tive vontade de dizer, mas estávamos em público. Diria isso quando estivéssemos a sós.

Como estávamos cansados, nós mal jantamos, e eu fui dormir. Acabei não falando, pois não queria ser grosseira mais uma vez. Esqueci-me de escrever aos meus pais. No dia seguinte, antes mesmo de descer para o café, eu o faria.

Assim que acordei, escrevi para minha família, omitindo, no entanto, todo o luxo. Só comentei que ele era rico, que a casa era grande e que estávamos nos dando bem.

Com a carta na mão, desci e pedi um envelope. Ele me perguntou:

— Nem tomou café ainda e já escreveu uma carta?

— Eles são minha família, senhor Camargo. Estão preocupados e precisam saber que estou bem.

— Eu entendo.

Percebi que da forma como eu falara, eu o excluíra de propósito.

— Desculpe, não quis magoá-lo — precisava parar de agredi-lo, pois, por mais mágoa que eu sentisse, isso não ajudava em nada.

— Eu sei. Não espero que você sufoque suas reações de um dia para outro. Estou preparado para suportar, mas não é fácil. Você ainda pensa que eu as abandonei. Quando me conhecer, verá que eu jamais faria isso.

— Ou talvez eu tenha a certeza — comentei mordazmente.

— É, ou talvez tenha a certeza — repetiu tristemente.

Mesmo assim, ele me beijou na testa.

— Sente-se.

— Ana, traga um envelope. Há vários no meu gabinete.

— Sim, senhor.

Ana voltou com o envelope.

— Comerei primeiro. Depois, preencho o envelope — comuniquei.

— Vamos ao centro. Gostaria que o conhecesse. Você mesma poderá colocar a carta no correio ou, se preferir, mando alguém.

— Não, prefiro colocá-la.

— Coma, por favor.

Comecei a servir-me.

— Não gostou do anel? — ele perguntou com certo ressentimento.

— Adorei.

— Por que não o está usando?

— Não estou acostumada a usar joias. Só em dias de festa eu as uso e, mesmo assim, utilizo poucas. Tenho medo de perdê-las.

— Se perder, compro mais ou outras.

— Senhor, por favor, não tente me comprar.

— Elizabeth, não é isso. Eu fico pensando em tudo o que poderia ter lhe dado e que não lhe dei durante todos esses anos.

— Nada me faltou — falei desafiadora.

— Mas não fui eu quem deu. Quando você soube que seu padrasto não era seu pai biológico?

— Quando tinha uns catorze para quinze anos. Remexendo em documentos, vi a certidão de casamento deles. Cheguei a pensar que tivessem se casado só depois de meu nascimento, mas mesmo assim resolvi perguntar à minha mãe. Ela tentou desconversar, mas meu pai não gosta de mentiras e me contou a verdade.

— Como você reagiu a isso?

— No primeiro momento, me senti rejeitada pelo senhor, mas meu pai é um homem de bom senso e ficou horas conversando comigo. Minha mãe acreditava que, para o senhor a ter abandonado daquele jeito, só estando morto. Acreditávamos nisso até o senhor nos encontrar.

— Elizabeth, tire essa barreira entre nós e me trate de você, já que não consegue me chamar de pai.

Eu senti a decepção dele e fiquei com um dó profundo, por isso decidi que me esforçaria para que a barreira de indiferença que eu nutria em relação a ele diminuísse.

Capítulo 3

Nos dias seguintes, comecei a sentir-me melhor e mais à vontade com meu pai e passei a chamá-lo de você.

Não permiti que ele me enchesse de joias, pois não teria onde usá-las quando voltasse para casa. Tinha uma vida de classe média e era feliz assim. Nada me faltava.

Dez dias se passaram, e eu estava com muita saudade de minha família. Naquele dia em que eu completava dez dias fora de casa, ele me disse:

— Elizabeth, preciso ir ao escritório. Iria me afastar por um mês, mas tenho de ir até lá. Voltarei o mais rápido que puder. Se quiser sair, é só mandar, e o motorista a levará a qualquer lugar. Está bem? Tome dinheiro. Gaste-o como quiser.

— Não preciso. Meu pai me deu antes da viagem — falei e me arrependi, mas não conseguia referir-me ao meu padrasto de outro modo.

Ele guardou o dinheiro de volta na carteira e entristeceu-se. Por fim, respondeu conformado:

— Está bem.

Arrependida, cheguei mais perto dele e abracei-o ternamente. Ele correspondeu ao abraço e beijou-me na testa dizendo:

— Filha querida, vocês não sabem como me fizeram falta. Não imaginam...

Emocionei-me com a sinceridade dele e notei que nós iríamos chorar. Ele disfarçou, sorriu e disse:

— Volto logo, meu anjo. Quero ser só seu.

Ele saiu, e eu fiquei perambulando pela casa. Abri os outros quartos, entrei no de meu pai e fiquei olhando. Senti o cheiro da colônia que ele usava, abri o guarda-roupa, tentando conhecer sua intimidade. Que tipo de homem era meu pai biológico?

O quarto de meu pai era luxuoso, e havia nele uma cama de solteiro de mogno não trabalhado, um tanto austera. Olhei da janela para o viveiro. O som vinha nítido, e eu lembrei que ele dissera que ficava ali deitado, ouvindo os pássaros trinando.

Saí e fechei a porta. Entrei no gabinete, que era igualmente austero. Havia nele muitos livros, principalmente de poesia. Será que ele gostava de poesia? "Talvez", pensei. Abri um ao acaso: Castro Alves.

Recoloquei o livro no lugar e fiquei encostada na mesa de trabalho de meu pai, imersa em meus pensamentos. "Que tipo de homem ele é?", essa questão repetiu-se em meu cérebro. "Por que nos abandonou? E como pode minha mãe ainda o amar?" Eu tinha certeza de que ela ainda o amava.

Talvez, minha mãe o idolatrasse porque pensara que ele estivesse morto. E depois de descobrir que meu pai estava vivo, como estavam suas emoções?

Peguei um livro de literatura e levei-o para meu quarto. Comecei a ler e não vi o tempo passar. De repente, ouvi baterem na porta.

— Entre.

— Então, princesa, sentiu minha falta?

Eu me virei para ele.

— Como foi no trabalho?

— Filha, terei de ir à Europa. Quer ir comigo? Eu adoraria levá-la comigo.

— Estou com saudades de casa.

— Entendo...

Ele ficou pensando um pouco.

— Podemos fazer o seguinte... enquanto dou entrada em seu passaporte, você volta para casa por uns dias, mata as saudades da família e depois volta para mim para que possamos viajar.

— Quanto tempo de viagem?

— Nós iremos de avião. Já sei que não tem medo!

— Adorei viajar de avião.

— Então, combinado! Você vem comigo! Eu adoraria.

— Não sei. Falarei com... — eu ia dizer com meus pais, mas corrigi e completei: — Com minha família.

— Eu espero. Quando quer ir?

— Não sei.

— Elizabeth, se não quiser me acompanhar, eu tenho cinco dias ainda do nosso acordo e não quero perdê-los por nada.

Eu sorri. Percebia que a ânsia dele em conquistar meu amor de filha o faria mover o céu e o mundo.

— Eu voltarei — afirmei com convicção.

Eu realmente voltaria, mesmo que não fosse para ir à Europa. Tinha a impressão de que ele se sentia solitário. Meu pai era rico, razoavelmente bonito, então, por que não se casara? Mulheres com certeza não lhe faltaram. Isso me intrigava.

A pedido de meu pai, saímos e compramos presentes para todos os meus irmãos. Senti que ele evitava falar de minha mãe. Não tocava no nome dela, como se quisesse pensar em mim apenas. Mesmo assim, comprei um presente para ela e para meu padrasto.

Dois dias depois, parti sozinha de volta para casa. Ele teria de organizar a viagem à Europa. Eu estava dividida. Durante todo o trajeto, pensava em como ficaria afastada por no mínimo três meses e com um estranho. Meu pai biológico ainda era um estranho para mim, afinal, a intimidade só nasce no convívio, no dia a dia. É daí que se reforçam os laços.

Eu estava com muita saudade de meu padrasto, do carinho e da atenção dele. Ele era meu pai em toda a extensão da palavra. Havia enviado um telegrama para minha família de modo que, quando cheguei, todos já me esperavam no aeroporto. No primeiro momento, senti a preocupação de minha mãe.

Procurei sorrir e dizer por meio do meu sorriso que tudo estava bem. Fomos para casa. Estava ansiosa para presenteá-los tanto que, mal chegamos, abri as malas na sala mesmo e distribuí os presentes. Contei-lhes como era o Rio de Janeiro e mostrei-lhes fotos que nem de longe revelavam a verdadeira beleza do Rio de Janeiro.

Depois, mais à noite, meus pais e eu conversamos. Estavam preocupados comigo, e percebi que, durante todo o tempo em que estive fora, eles haviam ficado ansiosos.

Enquanto contava para meus pais sobre minha estadia, meu padrasto prestava atenção às reações de minha mãe. Senti que ele se entristecia e decidi abreviar os comentários, alegando cansaço.

Antes de ir para a cama, abracei meu padrasto e chamei-o de meu querido pai. Não queria que ele sentisse que estava me perdendo, pois não estava.

Depois que minha mãe praticamente admitiu que ainda amava meu pai biológico, comecei a suspeitar que meu padrasto também soubesse disso.

Não era justo com meu padrasto. Talvez minha mãe só cultivasse a memória de meu pai, porque acreditara a vida toda que ele estivesse morto. "Só isso. Tem de ser isso", eu pensava. Temos a tendência a endeusar os mortos, como se virassem santos.

Como minha mãe podia conviver com meu padrasto durante todos aqueles anos e não amá-lo mais do que a qualquer um? Era impossível, pois pessoa mais digna de ser amada não existia.

Fui para cama, cansada da viagem e do movimento dos últimos dias, e descobri o quanto estava com saudade de meu quarto, sem suíte e sem cara de salão.

No dia seguinte, contei à minha família sobre minha pretensão de viajar para a Europa com meu pai. Para não magoar meu padrasto, voltei a me referir a ele como senhor Camargo. Meu padrasto preocupou-se.

— Filha, não teremos como socorrê-la na Europa. E se ele for um lunático?

— Ele não parece ser, pai, e eu lhes escreverei todas as semanas. Gostaria de ir, pois será uma viagem e tanto, oportunidade única. Pai, permita que eu vá — pedi.

— Você decidirá, filha. Saiba que morrerei de saudade e não se esqueça de seu velho pai.

Minha mãe não falava nada, e eu não quis perguntar-lhe. Fiquei com medo de que ela dissesse algo que pudesse me magoar. Ainda comentei com meu padrasto:

— Eu nunca o esquecerei, pai, e voltarei para casa. Vocês são minha família, sempre foram e serão.

Mais uma vez, eu me ative a falar sobre a cidade. Não quis falar do luxo da casa e de todos aqueles empregados.

Fiquei com minha família durante toda aquela semana. Meu pai biológico não me escreveu. Quando eu ia viajar de volta ao Rio de Janeiro, enviei-lhe um telegrama avisando-lhe em que horário chegaria o avião.

Quando cheguei ao Rio, meu pai já me esperava no aeroporto. Ao me ver, ele correu e ficou abraçado a mim por um longo tempo, sentindo alívio.

— Querida filha, que bom que irá comigo! Seus pais deixaram!

Eu quis dizer que meu pai era maravilhoso, referindo-me ao meu padrasto, mas não o fiz. Voltamos à casa dele. Não o chamava de pai, mas de você. Era ainda difícil para mim dar esse passo.

— Está cansada?

— Um pouco.

— Vá, tome um banho e, se puder e quiser, volte para a sala. Queria que me contasse como foi tudo.

Ele se comportava como se sempre tivesse convivido comigo e como se sempre me amasse, isso, contudo, era impossível, pois nos conhecíamos havia menos de um mês.

Tomei um banho e troquei de roupa. Voltei para a sala, e ele me esperava pacientemente. Contei-lhe que meus irmãos haviam gostado dos presentes e falei-lhe um pouco sobre a personalidade de cada um.

A cada dia que passava, conseguia ficar mais à vontade com meu pai. Evitava falar de meu padrasto e de minha mãe, mas ele perguntou:

— E sua mãe, o que achou de nossa viagem?

— Ela não disse nada.

— Como não disse nada?

— Foi exatamente assim.

— Quando conheci sua mãe, ela era uma garota exuberante. Creio que foi amor à primeira vista, uma paixão que nos queimava por dentro.

Percebi que era difícil para ele narrar a história dos dois, então, esperei.

— Você não imagina, filha, que febre uma paixão pode nos dar, o delírio que ela provoca. Nós dois só queríamos um ao outro, sem preconceitos, sem estribeiras. Só um ao outro.

Senti que ele lutava para que eu entendesse. Ficava longos momentos sem dizer nada, como se precisasse controlar-se. Eu dava-lhe esses minutos esperando em silêncio, sem ansiedade.

— Um sentimento mágico que nenhum poeta é capaz de descrever. Nada podia nos separar. Eu a quis para todo o sempre, mas não foi assim que aconteceu.

Meu pai parou novamente de contar e calou-se longamente. Senti que ele pararia ali, então, pedi que continuasse.

— Conte. Já começou, continue. Preciso saber para entender.

Ele olhou-me, andou pela sala e depois me disse:

— Você está cansada, é melhor descansar. Como não me conhece ainda, me julgará precipitadamente.

— Não o farei — afirmei segura.

— Fará, sim. Me dê uma chance. É só o que posso lhe pedir.

Abracei-o para encorajá-lo, mas mesmo assim ele não disse mais nada. Senti que não narraria mais fato algum. Dei-lhe boa-noite e me recolhi.

Capítulo 4

Uma semana depois, viajamos para a Europa. Quando entrei no avião, senti medo. Não sei por que, talvez pelo fato de o voo ser muito mais longo. Ele percebeu, segurou minha mão e sorriu. Afirmou que era muito seguro viajar de avião e que já estava acostumado a esses deslocamentos. Não duvidei. Era o mundo dele, mas não o meu.

À certa altura do voo, pegamos turbulência, e o avião pareceu-me muito frágil para uma situação daquelas. Olhei para algumas pessoas à nossa volta, e todas estavam, assim como eu, em silêncio, sentindo a fragilidade da vida.

Olhei para meu pai e notei que ele tentava ler um jornal. Pensei: "Quanta importância os momentos da vida têm? A vida é composta de momentos. Quando não os valorizamos, lamentamos por muito depois. Quero me manter na luz: otimista e com fé".

Se o avião caísse e todos nós morrêssemos, o que eu deixaria? Saudade para aqueles que me amavam? Ninguém é especial para o mundo, somente para quem o ama.

— Obrigada por me trazer — eu disse com carinho.

Ele sorriu, provavelmente pensando que eu estava sendo irônica.

— Não se preocupe. Neste trecho, sempre ocorre turbulência. O avião não cairá. Já passei muitas vezes por isso.

Sorri de volta e voltei a ficar em silêncio. A turbulência, que parecia durar uma eternidade, de repente parou. Respirei fundo e agradeci mentalmente a Deus e ao piloto.

Quando pousamos, senti um alívio enorme. Durante as horas de voo, nós conversamos muito, e eu passei a saber muito mais dele, e ele de mim quando, finalmente, chegamos a Paris.

Nós ficamos hospedados em um hotel, que hoje seria classificado de cinco estrelas. Ele precisava ir trabalhar e me dava muito dinheiro para gastar. Farta de tanta roupa, eu guardava a quantia, pois não tinha como gastá-la. Às vezes, almoçava sozinha, mas tinha dificuldade de me comunicar. Não falava a língua local e comecei a entediar-me. Queria voltar para casa.

Ele trabalhava em um projeto. Nos primeiros dias, ia a reuniões, fazia relatórios na parte da manhã, mas, depois das 15 ou 16 horas, voltava ao hotel para ficarmos juntos. Saíamos para passear, jantar, contudo, como às vezes andava muito durante o dia, pedia a ele que ficássemos no hotel. Nesses momentos, meu pai me falava sobre sua infância, sobre os pais, os amigos e outros parentes.

Devido às minhas constantes andanças pela cidade, em dez dias eu já conhecia praticamente toda a cidade. Comecei, então, a ficar mais no hotel. Almoçava sempre sozinha, tomava sol na piscina, e, no jantar, sempre tinha a companhia de meu pai.

Aos poucos, meu pai ficou tão envolvido com os negócios que deixou de aparecer no jantar. Chegava tarde da noite, e eu nem o via, pois estávamos em quartos separados.

A saudade de minha família aumentava. Já havia comprado uma coleção de presentes para eles e não tinha mais o que fazer. Perguntei a ele se demoraríamos muito mais na cidade, pois um mês nem se passara e eu já estava desesperada para voltar para casa.

— Está se sentindo só? É isso? Vou arranjar alguém para lhe mostrar Paris — disse ele percebendo meu tédio.

— Já andei por tudo.

— Desculpe, filha. Eu sabia que ficaria ocupado. Fui egoísta em trazê-la comigo, mas você não sabe como é importante para mim tê-la aqui. Perdoe-me. Vou lhe arranjar companhia.

— O que vai fazer? Alugar alguém para distrair sua filha entediada? — falei grosseiramente e arrependi-me ante o olhar dele. — Desculpe, só estou entediada.

— Você tem razão, mas não posso deixar os negócios. Deveria ter permitido que trouxesse alguma amiga. Não pensei nisso antes.

— Desculpe, não quero ser um transtorno. Você está a trabalho aqui, e eu lhe agradeço por ter me trazido.

Estávamos em meu quarto, e ele aproximou-se. Abraçou-me ternamente e comentou:

— Se o tempo pudesse voltar para que eu tivesse a chance de pegá-la nos braços desde bebê, talvez eu não me sentisse assim.

Voltei a pensar que a vida é um somatório de momentos e que ele perdera minha infância e que nunca a recuperaria. Não havia como.

— Talvez não tivesse tempo para mim — afirmei um pouco triste.

— Teria. Minha vida seria diferente.

— Pai — eu disse carinhosamente me esforçando —, o que aconteceu?

Senti que meu pai ficou emocionado. Ele soltou-me e andou pelo quarto. Para desviar do assunto, perguntou-me:

— Não está com sono? São nove horas.

— Não. Estou descansada. Fiquei na piscina tomando sol e lendo. Por favor, preciso saber. O que o separou de mamãe?

— Elizabeth, eu era do Rio, ela sabia. Quando a conheci, eu estava hospedado na casa do meu primo. Como já lhe disse, foi uma paixão louca, contudo, passados uns meses de amor sem estribeiras, tive de voltar à minha cidade. Queria me casar com ela, tinha decidido. Não suportaria a vida sem ela.

"Quando cheguei ao Rio, a primeira coisa que fiz foi contar aos meus pais. Menti, dizendo-lhes que ficara noivo em São Paulo e que iria me casar. Foi um 'Deus nos acuda'. Minha mãe inferiu que eu caíra na rede de alguma 'espertinha'. O que ela não sabia é que eu não contara à sua mãe o quanto minha família era rica. Não o fiz por mal. Apenas julguei que isso não tinha importância.

"Meus pais e eu discutimos. Dias depois, escrevi uma carta à sua mãe, no entanto, não obtive resposta. Escrevi outra, acreditando que talvez a primeira não tivesse chegado. Novamente, não obtive resposta.

"Pensei em viajar a São Paulo, pois estava desesperado para vê-la. Negócios urgentes, contudo, me seguraram. Todas as vezes, algo acontecia. Escrevi ao meu primo como último recurso, e ele me respondeu que sua mãe mudara de endereço. Fiquei como um louco, apático. Como ela podia ter feito isso comigo? Eu a amava desesperadamente. Ela tinha sido minha. Como podia ter me esquecido tão rápido?

"Voltei a escrever para ela, insisti. Sua mãe não podia ter mudado de endereço, não sem me avisar. Todos os dias, eu chegava em casa ansioso por notícias. Sete meses depois, meu pai me mandou a trabalho para a Europa para fazer contatos. Acabei ficando por três anos. Desisti de sua mãe, acreditando que ela definitivamente me esquecera. Desiludido, desestimulado, comecei a namorar outra moça. Gostei dela, mas nada comparado ao delírio que eu tivera por sua mãe.

"Namorei outras e outras, mas eu queria de volta aquele delírio. Os anos foram se passando, e a lembrança de sua mãe foi se apaziguando em mim. Fiquei noivo várias vezes, mais por pressão das mulheres do que por minha vontade. Eu, no entanto, não conseguia ir mais além, pois nenhuma delas me preencheu."

Meu pai ficou quieto. Estava de costas para mim, e, pelo tom de sua voz, eu podia sentir como o fato ainda lhe doía.

— E nunca se casou?
— Não.
— Ainda a ama?
— Não sei. Tenho medo de me encontrar com ela e sentir tudo isso de novo. Quando fui a São Paulo, não a vi, evitei. Às vezes, quis encontrá-la, mas tive medo. Anos se passaram, sua mãe está casada, tem marido, família e é feliz.

— Ela lhe escreveu várias vezes, inclusive lhe contando que estava grávida de mim. Como não recebeu essas cartas?

— Minha querida, eu venho de uma classe social em que acreditamos que pequenas coisas devem ser feitas pelos empregados e não percebemos que o que classificamos de "pequenas coisas" contêm simplesmente a essência de nossas vidas e de nossos destinos. Sabe por que todas as cartas que escrevi à sua mãe nunca chegaram? Pois eu nunca havia ido a uma agência de correio. Eu as escrevia com minha alma, mas entregava essas cartas a um empregado para postá-las e confiava.

"Só soube de sua existência quando minha mãe morreu. Desmontando o quarto dela e tirando coisas de lá, encontramos no fundo do guarda-roupa várias cartas. Cartas de amigas, de meu pai, as minhas e as de sua mãe, inclusive as que contavam sobre a gravidez.

"Você pode não acreditar, mas eu chorei de desespero e de ódio de minha mãe. Com seus preconceitos e sua tirania, ela havia me destruído. Que direito ela tinha de decidir e interferir na minha vida? Amei e respeitei minha mãe a vida inteira, mas, desde aquele dia, eu a tenho odiado. Quero que ela arda no inferno pelo que nos fez!

"Minha mãe não tinha o direito de interferir acintosamente no meu destino. Ninguém pode nos dizer o que é melhor para nós mesmos."

Quando ele acabou de falar, eu estava chorando e lembrando que minha mãe ainda o amava. Senti que era recíproco. Só naquele momento tive essa certeza.

Levantei-me, fui até a janela onde ele estava e abracei-o. Nós dois ficamos chorando, e ele continuou:

— Como minha mãe pôde evitar que eu a visse nascer? Como foi capaz de me tirar a chance de amá-la, minha filha? Você foi fruto de um amor inextinguível. Eu a perdi e perdi todos os seus momentos, minha querida. Hoje, eu mesmo vou ao correio postar minhas cartas pessoais, e julgam-me excêntrico por isso.

"Quando descobri sua existência, contratei alguém para procurá-las e prometi uma vultosa recompensa se ele as encontrasse. Não mandei cartas, fui pessoalmente. Tive medo de que você me negasse essa chance. Você não sabe que conflitos senti, mas eu também imaginava como seria difícil para você. Cheguei a pecar por rezar para que não gostasse de seu padrasto e viesse correndo para mim.

"Sei que é egoísmo meu. Eu a amo muito, filha, e todas as vezes em que olho para você, penso no quanto poderíamos ter sido felizes. Que prazer eu teria em me casar com sua mãe e ter visto você nascer e crescer. Minha filha querida, não quero ser um estranho para você. Por favor, tente me amar."

Eu chorava em silêncio nos braços dele. "Pobre pai", pensei. "Quanta dor." Ficamos assim por um longo tempo, como se naquele abraço pudéssemos recuperar todo o tempo de convivência perdido, mas não podíamos. Pensei com lástima profunda. Ele me beijou na testa.

— Vá dormir, já é tarde. Pena eu não poder colocá-la na cama como gostaria de ter feito quando era pequena.

— Pai, não se torture assim — pedi notando a aflição de meu pai.

— Meu anjo, você não sabe a falta que sempre me fez. Durma.

Ele saiu, e eu passei horas rolando na cama em conflito. Ficava avaliando que o encontro dele com minha mãe poderia ser desastroso. Mesmo vinte anos depois, eles, sem dúvida, ainda se amavam. E quando minha mãe soubesse da verdade? Como se sentiria? E meu padrasto? Meu Deus! Ele não merecia isso. Finalmente, dormi.

Capítulo 5

No outro dia de manhã, meu pai, antes de sair, foi até o meu quarto beijar-me na testa e dizer que viria almoçar comigo. Já à porta, ele comentou:

— Como eu gostaria de ter tido a chance de beijá-la todos os dias pela manhã.

Eu podia sentir toda a depressão dele. Passara a amá-lo e a entendê-lo melhor. Aos poucos, chamá-lo de pai foi se tornando natural, mas o que eu faria quando voltássemos? Abandonaria minha família para ficar com ele? Seria justo?

Ele ficara sem mim a vida inteira, enquanto minha família me tivera. Eu sentia saudade deles e pensava que o ideal seria convivermos, contudo, a distância era grande, a viagem cansativa, e outros impedimentos mais graves se apresentavam.

Se eu decidisse me dedicar a meu pai, como minha vida ficaria? Queria casar-me, ter meus filhos. Não negaria a ele a chance de conviver com os netos.

"Que dor! Que traição!", voltei a pensar. Como a mãe dele pudera fazer isso? Como pudera cometer tamanha maldade contra nós três? Se não fosse meu padrasto, a vida de minha mãe poderia ter sido muito pior.

Escrevi à minha família afirmando que estava adorando Paris. Não lhes contei sobre o tédio que eu sentia, nem a verdade sobre a história de meu pai, pois não queria despertar esperanças em minha mãe. "Pobre de meu padrasto. Como ele ficaria?", tornei a pensar.

Enquanto me recordava da história que meu pai me contara, perguntei-me: "Após tanto tempo, por que minha avó guardara as cartas? Se as tivesse jogado fora ou as queimado, ele jamais saberia o que aconteceu". Sentia-me triste, deprimida, então, resolvi sair. Apesar de já ter ido ao Louvre, decidi voltar lá. Precisava pensar calmamente, e o ambiente do museu me ajudava muito nisso. Só precisava estar de volta ao meio-dia para almoçar com meu pai. O Louvre ficava a três quadras do hotel.

Chegando lá, fiquei observando as obras, absorta em meus pensamentos. Estava voltada para dentro de mim e para os conflitos que me atingiam. Parei diante de um quadro e fixei-o, sem, contudo, prestar atenção à obra. Queria apenas ocupar meus olhos, enquanto meu cérebro pensava.

Um rapaz aproximou-se e falou algo em francês. Sorri e disse que não o entendia. Ele sorriu de volta e me disse:

— Não tem problema. Também sou do Brasil e já a vi no hotel. Está hospedada lá com seu marido, não é?

Sorri divertida. "Meu pai realmente é um charme", pensei envaidecida.

— Não. Ele é meu pai — corrigi bem-humorada.

— Desculpe. Deveria ter percebido. Gostou desse quadro? Está aí há quase meia hora admirando-o.

— Meia hora! Nossa! — falei espantada, contudo, decidi que não lhe contaria que mal estava olhando para a obra. — Gostei sim — respondi meio sem jeito.

— Venha. Vou lhe mostrar minha obra favorita.

Eu o segui até o outro corredor.

— É essa. Não é linda?

Eu não entendia nada de obras de arte e também não me lembrava de tê-lo visto no hotel, mas eu não parava lá e, quando estava, ficava no meu quarto ou na piscina. Nunca ia à sala de jogos.

— É sim. Que horas são? — perguntei preocupada.

Ele olhou no relógio.

— São 11h30. Está com fome?

— Não. Tenho que encontrar meu pai ao meio-dia no hotel. É melhor eu ir andando.

— Posso acompanhá-la?

— Você está no mesmo hotel, não está?

— Sim! Claro que sim!

— A propósito, me chamo Robério.

— Prazer. Me chamo Elizabeth.

Nós fomos conversando, e ele me contou que ganhara a viagem dos pais como prêmio de formatura.

— Se formou em quê? — perguntei curiosa.

— Medicina.

— E é um bom médico?

— Espero ser. Só fiz alguns estágios.

— Veio sozinho?

— Meu pai só tem verba para um filho de cada vez.

— Tem muitos irmãos?

— Somos quatro irmãos.

A conversa não se prolongou muito, pois logo chegamos ao hotel.

— Vou ao meu quarto me refrescar antes do almoço. Meu pai deve chegar a qualquer momento.

— Não vou atrapalhá-la. O que vai fazer à tarde?

— Não sei, depende de meu pai. Se ele tiver folga, sairemos juntos.

— Que lástima! Espero que ele tenha que trabalhar para que possamos sair, que tal?

— Não sei — respondi insegura.

— Que tipo de pai é o seu? Mandão e ciumento com as filhas?

Eu não queria contar-lhe toda a minha história, então respondi:

— Talvez — falei entrando no elevador.

Subi ao meu quarto. Retoquei o batom e troquei os sapatos por um par mais social e menos confortável. Meu pai gostava de me levar a restaurantes sofisticados.

Esperei até uma hora da tarde, mas ele não apareceu. Acabei desistindo de esperá-lo, então, desci para almoçar sozinha no hotel. Já estava me servindo, quando vi o rapaz novamente. Ele veio sorrindo em minha direção e comentou:

— Almoçando sozinha? Que pai relapso!
— Ele veio a trabalho. É muito ocupado.
— Não almocei ainda, posso me sentar?
— Talvez meu pai chegue...
Ele olhou no relógio.
— Uma hora e trinta minutos. Acho que ele não chegará — disse o rapaz puxando uma cadeira e sentando-se como se eu o tivesse convidado.

Nós almoçamos juntos e ficamos conversando. Ele me contou sobre a universidade e as brincadeiras que faziam entre si. Eu ria com prazer e acabei esquecendo meus problemas e conflitos. Deixei um recado para meu pai na recepção, avisando que voltaria às quatro da tarde. Saímos, e o rapaz mostrou-me Paris novamente. Na companhia dele, eu não me sentia entediada, ao contrário. Ria e divertia-me.

Não vi a tarde passar. Ele me pediu meu endereço no Brasil, mas eu não sabia qual dar. Acabei dando o de São Paulo. Ele olhou-me e comentou:

— Tenho a impressão de que você havia comentado que morava no Rio com seu pai. Vai me dar o endereço errado? Se não quer me dar, não dê.

Robério devolveu-me o papel, e eu fiquei em dúvida se deveria ou não contar minha história. Acabara de conhecê-lo e percebi que ele estava atento a mim. Por fim, respondi:

— É uma história longa, e prefiro não lhe contar agora. Mas não menti, esse é meu endereço.

Ele pressentiu que algo estava errado, mas não tinha ideia do quê.

— Elizabeth, você é amante daquele homem?
— Não! Já lhe disse que ele é meu pai. Por favor, acredite em mim e não me peça explicações. Se eu puder, um dia lhe contarei. Fique. Este é meu endereço correto.
— Poderia jantar com vocês hoje à noite?
— Não sei. Talvez, meu pai me leve a outro restaurante fora do hotel.
— Tenho dinheiro para pagar.

— Não é isso. Vamos combinar uma coisa? Deixe-me conversar com ele primeiro.

— É, deve ser seu pai mesmo e do tipo ciumento. Espero que não seja muito durão.

Eu ri. Robério estava brincando.

— Amanhã talvez — respondi insegura.

Nós voltamos ao hotel, e eu fui para meu quarto. Já passava das quatro horas da tarde, então, fiquei esperando. Meu pai só chegou às seis horas e desculpou-se por ter faltado no almoço. Contei a ele do rapaz que almoçara comigo e que eu passara a tarde com ele, e meu pai observou preocupado:

— Cuidado, filha. Conquistadores é o que não faltam. Você deve saber.

— Pai ciumento? — perguntei brincando.

Ele riu completando:

— E dos mais ciumentos! Agora que eu a tenho, não abrirei mão de você facilmente.

— Estou na idade de me casar, pai. Estou com vinte anos.

— Eu sei, o pior é que eu sei. Por isso, cada momento que ficamos juntos é impagável.

Ele beijou-me na testa.

— Não abrirei mão de meus netos, você sabe, não é? Eles são parte de você, parte que eu perdi. Você não me negará netinhos, não é, filha?

— Está se apressando. Eu nem tenho namorado, pai.

— Eu sei. Convide-o para jantar conosco amanhã. Hoje, gostaria que saíssemos nós dois juntos para jantar e dançar. Que tal dançar com o pai?

— Vou adorar!

Ele riu satisfeito.

— Então, coloque sua melhor roupa. Será como um *début*. Eu não estava lá.

— Não tive festa de *début*, pai — comentei sem lástima.

— Que pena! Eu teria feito a maior e melhor festa de *début* para minha princesa. Desceria as escadas com você ao meu lado, de braços dados, e nós dançaríamos a valsa de abertura. Depois, eu vigiaria atentamente seus pretendentes.

Sorri, pois nem podia imaginar algo assim. Ele beijou-me novamente na testa.

— De quanto tempo precisa para se aprontar, princesa? Eu a espero.

— Uma hora, mais ou menos.

— Consegue se aprontar assim tão depressa? Que qualidade para uma mulher! — brincou.

Ele saiu. Enquanto eu me trocava, fiquei imaginando uma festa de *début* com que jamais sonharia e logo concluí que isso não fazia a menor falta em minha vida.

Acabei me atrasando um pouco, e fomos para um lindo restaurante com orquestra ao vivo.

Logo depois do jantar, bebericamos um pouco de vinho. Ele chamou o garçom, cochichou algo e, sorrindo, declarou:

— É hora do *début*, princesa!

Meu pai levantou-se, e eu vi que a pista de dança estava completamente vazia. A orquestra tocou uma linda valsa, e eu dancei com ele. Todos nos olhavam, e eu pude sentir o prazer que ele sentia naquele gesto.

"Meu pai, quantas coisas roubaram de nós?!", avaliei. A valsa acabou, e nós voltamos para a mesa. Ele olhou-me diretamente nos olhos e disse emocionado:

— Filha querida!

Se não estivéssemos em público, creio que nos abraçaríamos chorando. Ficamos em silêncio, vendo os outros casais dançarem. Dançamos mais algumas vezes e, quando voltamos ao hotel, já era madrugada.

No táxi, eu cochilava no ombro de meu pai, enquanto ele me acariciava os cabelos. Ele levou-me até a porta do meu quarto, beijou-me na testa e desejou-me boa-noite. Eu sentira que ele estivera melancólico a noite toda.

No dia seguinte, no sábado, passamos o dia juntos. Saímos, e ele me levou a recantos de Paris que eu ainda não conhecia.

— Não sabe quantas vezes sonhei em vir aqui com sua mãe. Eu a imaginava tanto a ponto de pensar que isso se tornaria real de um momento para outro.

— Pai, não fique melancólico. Isso me deixa triste.

— Desculpe, filha, mas depois que você comentou sobre o rapaz, percebi que vão tirá-la de mim mais uma vez.

— Não vou me casar, só conheci um rapaz. O senhor o conhecerá hoje à noite. É só um jantar.

— Sim, sim. E quero saber com quem você anda — comentou brincando, tentando disfarçar o que sentia.

À tarde, deixei um bilhete no balcão para Robério, avisando-o sobre o horário do jantar e que nos encontraríamos no saguão.

Meu pai chegou, e nós ficamos em meu quarto conversando por um bom tempo. Não havia completado os três meses de viagem como fora previsto, e meu pai avisou-me que dentro de mais uma semana voltaríamos para o Brasil.

— Deve estar com saudades de sua família, não é, filha?

— Tenho muito. Tenho sentido uma falta absurda deles — falei com sinceridade.

— O que fará? Gostaria que viesse morar comigo. Agora que a conheci, não sei se abriria mão de você sem sofrer.

— Pai, eu não sei... Tenho pensando muito sobre isso — respondi insegura.

— Às vezes, ainda tenho dúvidas se deveria ou não ter me intrometido em sua vida, filha, mas era muito importante para mim, entende? Pode ver e sentir isso? Não podia seguir minha vida sabendo de sua existência sem conhecê-la, vê-la e conviver com você. Você é parte de mim. Uma parte importante da minha vida e que me foi tirada.

"Avaliei que você ficaria dividida, mas é justo. Seus pais têm outros filhos, e eu só tenho a você. Pode visitá-los e os receber em casa quantas vezes quiser. Terei prazer em hospedar seus irmãos pelo tempo que quiser.

— E quanto a meus pais?

— Ao seu padrasto, tudo. Ele fez de você a moça que é. Não permitiu que passasse frio ou fome e cuidou de você. Ele não sabe o quanto o venero e invejo por isso. Quanto à sua mãe, tenho medo. E se o delírio voltar? Trairemos a todos vocês? Não queria vê-la. Seria arriscar muito.

Ante a confissão sincera de meu pai, fui até ele e o abracei.

— Meu querido pai — falei carinhosamente.

Ficamos abraçados por um bom momento. Em tão pouco tempo, havíamos estabelecido laços fortes. Ele não me comprara; conquistara-me com seu amor. Eu o amava e sentia que não traía meu padrasto. Havia em meu coração espaço para os dois homens mais importantes de minha vida.

Depois de uma hora e meia de conversa, encontramos com Robério no saguão. Meu pai, como todo pai, fez um interrogatório sobre a vida do rapaz, e nós nem sequer éramos namorados. Nem o classificaria de amigo. A tensão aos poucos foi diminuindo, e o jantar foi divertido.

No dia seguinte, pela manhã, encontrei Robério no restaurante, enquanto eu esperava meu pai para o desjejum. Ele aproximou-se e sorriu me cumprimentando.

— Bom dia! Como passou a noite?

— Bem.

— Queria lhe dizer uma coisa.

— Diga.

— Se tive dúvidas de que ele era seu pai, não tenho mais! Ele é do tipo ciumento e detetive.

Eu caí na gargalhada. Olhamos para a porta do restaurante. Meu pai entrava no salão e nos viu juntos. Eu estava sentada à mesa, e Robério estava de pé ao lado dela.

— E aí vem ele! — comentou Robério baixinho.

— Toma o desjejum conosco? — perguntei.

— Não. Vou deixá-los à vontade. Bom apetite.

Meu pai chegou, e os dois cumprimentaram-se. Robério saiu, e meu pai sentou-se e perguntou curioso:

— Do que riam?

— Não vai querer saber — argumentei.

— Quero sim.

— Pai, você pode não gostar.

— Fale, Elizabeth.

Divertidamente, contei-lhe a classificação que Robério lhe dera. Ele riu e completou.

— Isso não é nada! Esse rapaz não chegará perto de você, antes que eu verifique cada informação.

— Você está brincando? — perguntei preocupada.

— Não estou, não.

— Pai, ele não é meu namorado nem sequer amigo. Passamos um tempo juntos, porque nos sentimos sozinhos em Paris. Você não tem esse direito — falei indignada.

— Preciso protegê-la — respondeu calmamente.

— Como sua mãe pensou que estava fazendo? Protegendo-o?

— Não, minha filha. Eu jamais faria o que minha mãe fez — respondeu visivelmente magoado. — A decisão é sua, mas eu temo. É só isso.

— O que faria se descobrisse que eu queria me casar com um mau caráter?

— Primeiro, eu quebraria a cara dele. Depois, o entregaria a você, se ainda o quisesse — respondeu brincando.

— Pai, isso não é brincadeira.

— Desculpe-me. Brigue comigo quando eu exagerar, está bem?

— Brigarei, tenha certeza de que o farei — respondi rindo e tentando entender sua preocupação.

Uma semana depois, viajamos de volta ao Brasil. Eu estava louca para chegar à minha casa, pois estava com saudades de tudo e de todos. Tinha uma decisão importante para tomar. Afinal, com quem eu ficaria? Passei ainda uma semana na casa de meu pai no Rio e depois, ainda dividida, viajei para São Paulo.

Capítulo 6

Cheguei a São Paulo cheia de presentes, com muitas novidades para contar à minha família e com dúvidas se deveria ou não contar à minha mãe a verdade sobre o que acontecera. Tinha certeza de que ela ainda amava meu pai e pensava admirada: "Depois de vinte anos, eles ainda se amam, meu Deus! E separados, sem se verem há anos, que efeito teria um encontro entre os dois?". Com medo do que poderia ocorrer, acabei não contando a verdade à minha mãe.

Uma informação, contudo, flutuava em minha mente: "A ligação entre eles estaria restrita apenas àquela vida ou se tratava de uma ligação de outras vidas?".

Recebi uma carta de meu pai biológico dizendo que estava com saudades e uma carta de Robério contando-me que ainda estava em Paris. Tomei a decisão de passar dois meses com meu pai no Rio e dois meses com minha família em São Paulo. Minhas dúvidas concentraram-se no Natal e no ano-novo, afinal, meu pai só tinha a mim.

Não haviam passado ainda os dois meses que eu prometera ficar com minha família em São Paulo, e eu decidi viajar ao Rio sem avisar para meu pai. Queria fazer-lhe uma surpresa, pois era aniversário dele.

Antes de viajar, expliquei a situação ao meu padrasto e o senti enciumado. Ele, contudo, ajudou-me prontamente, levando-me de boa vontade ao aeroporto.

Quando cheguei ao Rio, peguei um táxi e fui sozinha à casa de meu pai. Em meu quarto no Rio havia deixado várias roupas, principalmente as mais luxuosas.

Eu ainda não comentara com minha família sobre todo o luxo e dinheiro que meu pai biológico tinha. Avaliava que aquela informação não era útil, e que eles poderiam se sentir menos importantes para mim, mas não eram. Eu os amava muito.

Cheguei ao Rio três dias antes do aniversário de meu pai e quis lhe fazer um jantar antes que ele soubesse que eu estava lá. Fui para a cozinha, e os empregados estranharam. Expliquei-lhes que eu mesma desejava fazer o jantar e senti o ciúme de Ana por entrar em um espaço que ela tinha como dela. Mesmo assim, ela ajudou-me no que foi preciso.

Pouco antes de meu pai chegar, tomei um banho, troquei-me e pedi a Ana que colocasse velas na mesa, a deixasse linda e não dissesse a ele que eu estava em casa.

Quando meu pai chegou, eu estava pronta na cozinha dando os últimos retoques nos pratos. Ele não me viu, olhou a mesa da sala posta e observou:

— Ana, você está louca? Que mesa é essa?

Eu vim por trás e disse:

— Surpresa! Feliz aniversário!

Ele virou-se e abraçou-me, e eu pude sentir a felicidade e o carinho imenso dele por mim.

— Querida! Querida! Que surpresa deliciosa, mas meu aniversário é só daqui a três dias.

— Por isso, você não ganhará presente hoje, mas só daqui a três dias.

— Ela chegou e foi logo fazer o jantar especialmente para o senhor. Fez tudo sozinha, mal a ajudei — comunicou Ana.

— Que trabalho, meu amor!

— Estou acostumada a cozinhar e gosto muito, esqueceu?

— Espero que seja boa cozinheira — meu pai respondeu brincando, mas eu podia sentir todo o embaraço dele ante a emoção que sentia.

Um jantar feito com minhas próprias mãos, uma rotina para mim, meu pai sentia como se fosse o manjar dos deuses. Nós jantamos juntos, e eu lhe contei que recebera uma carta de Robério.

— Você o ama? — perguntou-me.

— Não! Nós nos encontramos algumas vezes durante a viagem, foi só.

— Que pena! É um ótimo rapaz, de família honesta e boa. O pai dele também é médico, bem conhecido aqui no Rio de Janeiro.

— Pai, você o investigou?! Disse que não o faria.

— Não, eu lhe disse que, se fosse um canalha eu quebraria a cara dele, mas, se você ainda o quisesse, poderia ficar com ele.

— Pensei que estava brincando.

— Um pouco de cada. Elizabeth, preciso de uma informação: seu padrasto a reconheceu legalmente como filha dele?

— Como assim?

— Em seu registro de nascimento há o nome dele?

— Sim.

— Nós vamos cancelá-lo.

— O quê? Por que vai fazer isso?

— Quero deixá-la como minha herdeira. Se não for reconhecida legalmente como minha filha, meus outros parentes tirarão tudo de você.

— Eu não quero isso.

— São só papéis, filha. Preciso falar com seu padrasto.

— Pai, ele ficará magoado. Não quero isso.

— Não tenho opção, Elizabeth. Falei com todos os advogados que conheço. Preciso reconhecê-la como filha, assim você não terá problemas. Do contrário, só lhe deixarei uma grande dor de cabeça.

— E você pode cancelar meu registro de nascimento?

— Posso sim. É só provar que sua mãe se casou depois do seu nascimento. O único que poderia negar isso sou eu e não o farei. Sei que você é minha filha, tenho a carta de sua mãe me contando sobre gravidez, aliás, duas delas. Eu mesmo testemunharei que você é minha filha, minha linda menina.

Meu pai disse isso de uma forma muito terna, mas eu ainda pensava em meu padrasto. Não queria pedir isso a ele e decidi não fazê-lo, pois seria muito cruel e ingrata com quem me criara e me dera amor.

— Pai, preciso pensar. Não sei dirigir empresas, e você é jovem ainda. Vamos esperar.

— Adiar não resolverá o problema, Elizabeth. Compreenda, quero deixá-la bem. Você poderá ajudar sua família. Aliás, vou lhe dar certa quantia todos os meses para suas despesas.

— Não precisa, meu... — eu ia dizer meu pai por reflexo e corrigi. — Nada me falta aqui ou lá. Pai, nunca me faltou nada.

— Filha, eu sei o quanto seu padrasto ganha. Sei que ele é honesto, mas se sacrifica. Ajude-o, e vocês poderão ter uma casa maior, mais conforto.

— Eu não quero uma casa maior, e nós já temos conforto. Somos felizes lá, não entende?

— Você não é feliz aqui?

— Também sou. Pai, por favor, não me peça isso. Seria como enfiar uma faca no coração do homem que eu amo e sempre me amou.

— Complete, filha. E que foi sempre seu verdadeiro pai — comentou ele tristemente. — Deixe-me falar com ele, Elizabeth. Tenho certeza de que entenderá. Você ficará comigo, não é? Quando voltar, combine com ele um encontro entre nós e me escreva. Precisamos conversar.

Aquela conversa tirou meu ânimo. Fiquei com meu pai os dois meses, contudo, aquela vida de não fazer nada me entediava. Só ocorria uma quebra dessa rotina nos fins de semana, quando ficávamos conversando à noite.

Passei a ler os livros da biblioteca de meu pai, e discutíamos passagens depois. Meu pai sabia de cor poemas e sonetos lindos e recitava-os para mim. Eu ouvia-o embevecida.

Se eu tivesse tido a chance de conviver com meu pai na infância, certamente ele me contaria historinhas antes de dormir. Eu avaliava que ele deveria ter se casado, pois, talvez assim, não tivesse passado a vida tão infeliz. "Pobre pai", eu sempre pensava.

Não falamos mais no assunto do reconhecimento de paternidade. Um dia antes de meu retorno a São Paulo, ele lembrou-me do assunto, como se eu pudesse esquecê-lo.

Eu abriria mão de tudo para não magoar meu padrasto. Tirar o nome dele de minha certidão de nascimento era negá-lo como pai. Eu não sabia o que fazer, afinal, meu pai biológico tinha, do ponto de vista dele, um objetivo justo.

Eu conhecia muito bem meu padrasto e imaginava o quanto o amor e o carinho que ele sentia por minha mãe e por mim eram grandes, afinal, ele me reconhecera como filha.

Nos primeiros dias após meu retorno a São Paulo, não toquei no assunto com minha família. Não achava justo fazê-lo, então, escrevi ao meu pai comunicando-lhe que não faria o que ele me propusera. Ele, então, escreveu-me de volta, afirmando que dentro de quinze dias viajaria a São Paulo e que, se eu não conversasse com meu padrasto, ele mesmo o faria.

Irritei-me, fiquei com raiva de meu pai e questionei-me intimamente por que minha avó não destruíra de vez aquelas cartas, que haviam transformado minha vida.

Pedi ao meu padrasto para sairmos sozinhos. Queria conversar com ele, pedir que não permitisse a mudança do meu registro de nascimento e para deixar claro que eu não queria aquela mudança.

Enquanto eu falava, podia sentir a tristeza no semblante de meu padrasto. Eu disse, por fim:

— Não quero. Já deixei claro isso.

Eu estava com uma vontade imensa de chorar de tristeza — da que eu sentia e da que estava provocando. Ele respondeu-me:

— Ele quer seu bem, afinal, é seu verdadeiro pai.

— Não, não é. Você é — afirmei isso, abracei-o e comecei a chorar. A tensão do conflito que eu sentia era grande.

— Pobre garota! Que divisão! Ele não deveria ter aparecido.

— E se fosse você na situação dele? Teria aparecido?

— O pior é que sim, filha. Sem dúvida alguma. Um filho é uma vida que Deus nos confia. Temos todas as obrigações com ele. Desde o básico, como alimentá-lo e vesti-lo até lhe dar educação, orientá-lo e mostrar-lhe os melhores caminhos da responsabilidade, do carinho e do amor. Eu iria ao fim do mundo para buscar um filho desgarrado, porque tenho certeza de que, se não o fizesse, algum dia, na vida ou na morte, eu seria cobrado, e o arrependimento viria.

Fiquei olhando para meu padrasto, perguntando-me se ele também tinha a impressão de que as relações humanas não começavam nem terminavam naquela vida. Essa, contudo, seria uma conversa para outra ocasião. Eu não podia sair do foco.

Durante aquela conversa, contei ao meu padrasto tudo o que acontecera e o porquê de meu pai biológico só ter nos procurado vinte anos depois. Meu padrasto completou:

— Eu me sentiria usurpado do meu direito de pai como ele se sente agora. Não chore, Elizabeth. Ele está certo. O papel não importa, e, sim, o que você sente por mim. É isso que a está deixando dividida, não é?

— Não. Eu amo os dois. Agora sei que há espaço para os dois. Tenho dó dele e da solidão em que vive naquela mansão.

— Você não me contou que ele vivia em uma mansão.

— Isso não tem a mínima importância. Não sabe como ele é infeliz lá.

— Posso imaginar, filha. Sempre agradeço a Deus por nossa casa e por todos vocês. Nossa família é uma bênção para mim e para meus dias. Não chore, filha. Será melhor para você. Deixe-o vir, não colocarei empecilho. Marque esse encontro, Elizabeth.

— Pai, eu não quero magoá-lo de jeito nenhum — afirmei, sentindo-me mais calma ante a serenidade dele.

— Me ame, filha, e jamais me magoará.

Quando voltamos para casa, fui direto ao meu quarto e chorei por tudo e por todos. Pelos anos de solidão de meu pai biológico e por tudo o que ele perdera e que, graças a Deus, a mim não faltara.

Capítulo 7

No dia seguinte, acordei com os olhos inchados e vermelhos, e minha mãe quis saber o que acontecia. Contei-lhe a respeito da alteração no registro de nascimento, e ela me respondeu um tanto irritada:

— Não precisamos daquele homem! Ele não fará isso, Elizabeth! Não permitirei! Quando precisei, ele se negou a me ajudar, me esqueceu, então, não o quero agora se metendo em nossa vida.

Naquele momento, eu vivenciava uma dúvida cruel. Não sabia se contava ou não à minha mãe o acontecido entre eles e perguntava-me se, caso ela ainda o amasse, correria para meu pai? Como ficaria, então, meu padrasto? Arrasado. Ele não merecia isso. Eu também tinha medo de os dois se encontrarem. Não era capaz de saber quanto um amor daquele poderia durar. Depois de tantos anos sufocados, como os dois reagiriam? Será que o delírio voltaria? Ao meu lado, minha perguntou-me:

— Ele lhe deu uma desculpa razoável pelo que nos fez ou você o perdoou prontamente? Por mim, você não ficaria com ele nem um dia. O negaria como pai e pronto!

— Mãe, ele não teve culpa. Acredite em mim.

— Me convença, então!

Tive a impressão de que o ódio dela era uma forma de sufocar o que ainda sentia. Sem saber o que fazer, contei-lhe toda a verdade, mesmo com a sensação de que estava traindo meu padrasto. Estávamos sozinhas em casa, e eu a vi entristecer-se e chorar de dó de si e de meu pai.

— Por que a mãe dele nos fez isso? Ela não me conhecia, não tinha ideia de quem eu era... Ainda assim, ele deveria ter vindo, me procurado, porém, não se esforçou o suficiente.

Abracei-a e rezei para que meu padrasto não chegasse naquele momento. Sem saber o que dizer para consolá-la, comentei:

— Não fique assim, deve ser o destino. Veja, ele não se casou, mãe. Não conseguiu preencher a lacuna que você deixou. Meu padrasto é maravilhoso, a ama e se dedica só a nós. Mãe, ele merece todo o nosso amor, e eu o amo como se fosse meu pai. Tenho dois pais.

Minha mãe levantou-se, andou um pouco pela sala, acalmou-se e perguntou-me:

— Você deixará que ele tire o nome do seu padrasto do seu registro de nascimento?

— Vou, mãe... — respondi com a voz sumida. — Conversei com meu padrasto, e meu pai vai fazê-lo de qualquer jeito. As únicas pessoas que poderiam negar que sou filha dele são a senhora e meu pai, e ele já disse que não o fará.

— Eu farei[3] — afirmou ela decidida.

— Por quê, mãe? — perguntei assustada ante o tom dela.

— Ele não nos amou o suficiente, filha. Com a intervenção da mãe ou não, ele nos abandonou. Eu teria largado tudo por ele, nada me separaria de seu pai. Só não fui ao Rio, porque não tinha dinheiro, e meu pai não me deu. Do contrário, teria ido e lutado contra todos se preciso fosse. Ele permitiu que a mãe dele interferisse.

Senti a mágoa profunda que minha mãe tinha dentro de si e a vontade de vingança, e eu e meu padrasto estávamos bem no meio do tiroteio.

Insisti e roguei à minha mãe que não o enfrentasse, pois meu pai deixara claro que usaria todos os meios legais para fazer o que queria. Depois, preferi acreditar que minha mãe estava

---

3 Na época em que se passa o romance não havia teste de paternidade por meio de DNA.

apenas vivenciando um momento de raiva e que meu padrasto a convenceria. Ele tinha bom senso.

Não foi assim, no entanto. Minha mãe decidiu que não permitiria a substituição do registro e disse que jamais afirmaria que eu era filha era dele. Chegou a nos comunicar que, se preciso fosse, afirmaria que não sabia quem era o pai, uma decisão insana. E não houve argumento que a demovesse dessa ideia.

Quando meu pai chegou do Rio, fui visitá-lo no hotel onde ele estava hospedado. Lá, nós dois conversamos, e lhe narrei a decisão de minha mãe de negar-lhe a paternidade. Indignado, meu pai gritou:

— Ela não pode fazer isso, filha! Vai provocar um escândalo. Não pensou em você ou no marido?

— Pai, nós já conversamos tudo isso com ela. Usamos todos os argumentos razoáveis e não razoáveis, e ela nos afirmou que é a mãe e que, custe o que custar, ela negará que você é meu pai.

— Ela me odeia muito, não é? — meu pai perguntou-me, expressando uma tristeza enorme.

— Não sei, pai, não sei. Ela pensou que você estivesse morto e acreditou que só por isso a abandonara. De repente, você aparece vivo e saudável... Pai, o ódio dela se acumulou. Ela rezava por você e o idolatrava, mas, depois que soube que está vivo, passou a odiá-lo. Minha mãe acredita que você não a amou o suficiente e que você deveria ter largado tudo para vir buscá-la. Pai, é melhor esquecer esse assunto. Por favor, isso nos levará à lama, e eu serei conhecida como a filha de ninguém.

— De jeito nenhum! Quando eu colocar meu nome no seu registro, quero ver quem afirmará o contrário! Filha, você não sabe o valor do dinheiro.

— Sei, pai. Sei, sim. As pessoas fingirão que são suas amigas e serão capazes de lamber a ponta de meus sapatos só por interesse, mas é só. Pai, esqueça isso. Meu padrasto sairá magoado, e todos nós também.

Ele andou pelo quarto do hotel, pensando e avaliando a situação. Eu podia sentir a tensão nele.

— Elizabeth, estão me pedindo para abrir mão de você pela segunda vez, e isso não é justo. Não fiz nada para merecer isso.

— Não, pai. Eu continuarei a visitá-lo. Você sabe que me conquistou como filha.

— Eu quero lhe dar mais, muito mais, filha. E meus netos? Não crê que me sinto na obrigação de dar-lhes uma vida razoável? Bens que, de direito de nascença, são seus?

— Pai, não sou casada e não sei se serei.

— Qualquer homem se apaixonaria por você, filha. É linda, inteligente.

— Isso é conversa de pai coruja — eu disse brincando, tentando diminuir nossa aflição.

Ele virou-se para mim e perguntou:

— Janta comigo?

— Não avisei nada em casa.

Meu pai olhou-me desapontado, e eu corrigi:

— Bem, todos sabem que estou com você, então, acredito que não ficarão preocupados. Jantaremos juntos, sim.

Passamos o resto da tarde juntos, e eu ainda tentei dissuadi-lo da ideia de mudar meu registro. Descobri a face de homem de negócios de meu pai. Sabia o que queria e o que precisava fazer para obtê-lo.

Acabei desistindo de dissuadi-lo da ideia. Estava claro que meu pai iria para os tribunais, e eu também sabia que minha mãe não desistiria de sua decisão.

No dia seguinte, meu padrasto e eu fomos até o hotel para encontrar meu pai. Ele, então, explicou-nos todos os procedimentos jurídicos relacionados ao reconhecimento da paternidade. Meu padrasto não tinha vaga ideia de quanto dinheiro estava envolvido naquela questão, e eu vi meu pai tentar jogar contra meu padrasto usando a cobiça.

Vi também, com sensação de vitória, meu padrasto não perder a compostura por mais que meu pai o tentasse. Era como se meu pai quisesse depreciá-lo perto de mim, mas eu sabia que tipo de homem maravilhoso meu padrasto era.

Assisti a meu pai, raposamente, jogar com todas as cartas que podia. Ele falou até da casa que eu herdaria no Rio e comentou que, depois da morte dele, todos nós poderíamos ocupá-la. Presenciei meu padrasto responder tranquilamente:

— Senhor Camargo, minha casa não deve nem chegar perto da sua, mas somos felizes lá. Tenho uma família maravilhosa, me sinto amado e gosto de trabalhar para sustentá-los. Eles são o motivo de eu me levantar de manhã, são a razão de minha vida. Sinto muito pelo senhor ter perdido essa chance, mas, por favor, não tente nos dividir.

— Mas ela é minha filha e tem o direito de herdar tudo, do contrário, primos meus que mal conheço herdarão tudo.

— Eu sou a favor de Elizabeth, senhor. Ela é maior de idade e sabe bem o que quer. Eu apoio qualquer decisão que minha filha tomar. É a mãe dela que não quer a mudança do registro. Está irredutível e disposta a negar que o senhor é o pai de Elizabeth. Eu a conheço bem! Quando teima, consegue ser terrível.

Senti meu pai desesperar-se. Ele, então, grunhiu agoniado.

— Ela não pode fazer isso! Por que me odeia tanto? Eu não tive culpa. O que ela quer que eu faça? Que me arraste no chão e lhe peça perdão?

Meu padrasto olhou-me e senti que me pedia ajuda, afinal, tentáramos tudo com meu pai e com minha mãe para dissuadi-los. Ela queria agredi-lo e estava conseguindo. Meu padrasto ainda disse:

— O senhor prefere conversar com ela? Eu não me importo.

— Não! Não quero encontrá-la. Então, será no tribunal. Tem dinheiro para pagar advogado? — ele humilhou.

— Dou um jeito — respondeu meu padrasto em total desconforto.

Fiquei com raiva de meu pai, pois ele usara o tom "pode me enfrentar? Tem dinheiro para isso?". Eu ia saindo com meu padrasto, quando meu pai me pediu para ficar. Fiquei e, assim que meu padrasto saiu, falei o que estava sentindo com meu pai.

— Elizabeth, ele não deveria apoiar sua mãe. Se ele não a apoiasse, ela não lutaria contra mim.

— Pai, somos uma família, e ele é o marido dela, entende?

— Desculpe, entendo sim. Vamos, minha princesa, vamos sair daqui, senão, sufocarei.

Saímos e fomos caminhar .

— O que tem feito com o dinheiro que tenho lhe enviado? — meu pai perguntou.

— Tenho guardado.

— Não vai a festas?

— Não. Só a um ou outro aniversário de amigos.

— O seu está próximo! O que quer fazer? Vá para o Rio, e eu lhe farei uma festa inesquecível.

— Para quem, pai? Eu não conheço ninguém lá. Para gente importante que depois de cinco minutos não se lembrará mais de mim?

— Filha, você pode levar toda a sua família para o Rio. Eu pago a hospedagem em um hotel.

— Pai, pare de jogar com a cobiça, pois isso não funcionará. Você já deveria ter percebido isso.

— Não é isso, Elizabeth. Só quero que a cabeça dura de sua mãe funcione.

Eu ri e respondi:

— A dela? Só a dela?

— Eu tenho esse direito! — ele defendeu-se.

— E ela crê que tem o dela.

— Ela está errada.

— E ela acredita que você esteja errado, e agora?

Ele riu de leve e fez um gesto abrangente com as mãos.

— Aos tribunais, só isso. É para isso que eles servem.

— Pai, você perderá muito tempo com isso.

— Não, contratarei os melhores advogados. Elizabeth, quero lhe pedir uma coisa. Que não use o dinheiro que lhe envio para pagar um advogado. Me dê sua palavra, e eu acreditarei. Isso não será justo comigo.

— Pode parar de me enviar, se quiser.

— Eu não faria isso. Enviarei sempre, mas me preocupo com o fato. Se eu morrer, você ficará sem amparo.

— Nunca fiquei sem amparo, pai, e você sabe disso.

Ele suspirou e disse desconsolado:

— Sei sim.

Meu pai queria que eu dependesse apenas dele, mas eu vivera sem ele e, se quisesse, poderia continuar vivendo. Ele se foi e, em meu aniversário, me presentou com uma joia linda, que eu jamais usaria, pois não tinha onde usá-la. Mamãe mal a olhou e observou:

— Maldita velha! Por que não jogou as cartas fora? Já tinha destruído minha vida e fará isso novamente!

Eu não disse nada, mas acreditava que minha mãe estivesse totalmente certa. Será que minha avó paterna sabia no fundo de sua alma que tomara uma decisão que não lhe cabia? Será que seu "anjo da guarda" não tentara dissuadi-la daquela decisão? Será que por essa razão ela nunca jogara as cartas fora, como uma forma de, um dia, poder voltar atrás? E, agora, depois de falecida, será que estava arrependida? Isso existia?

Capítulo 8

Três meses depois, recebemos a intimação, e, a pedido de minha mãe, meu padrasto contratou um advogado, que não entendia direito o motivo da discórdia. Ele alegou que eu seria a herdeira de meu pai.

Minha mãe explicou-lhe que o motivo do impasse não era o dinheiro, mas que se tratava de uma questão moral. Eu, contudo, acreditava que o que a impelia naquela ação era o ódio dela e a sensação de abandono que experimentara. "A vingança é sempre uma péssima conselheira", pensei.

Houve várias tentativas de acordo, mas nenhum dos dois abriu mão de suas posições. Conforme prometera, minha mãe negou que eu fosse filha dele nas preliminares do processo.

Os meses passaram-se, e, no dia do julgamento final, eles se encontrariam. Foi marcada a data, e eu sentia a briga de braço entre ambos. Fiquei imaginando como seria a disputa se eu fosse menor de idade.

Quase um ano depois, chegou o dia do julgamento. Eu passara todo esse tempo preocupada com meu padrasto, mas acabei percebendo que ele não se importava com a questão da mudança na certidão. Meu padrasto tinha segurança de que eu o amava como pai, e isso lhe bastava. Se o nome dele continuaria constando ou não no registro, isso não era importante nem para mim nem para ele.

Meu pai chegou bem vestido e acompanhado de três advogados. Pensei: "Sem chance para nós". Eu estava com minha mãe e meu padrasto quando ele entrou. Senti o olhar de minha mãe percorrê-lo e tive a sensação de que ela iria correr para os braços dele. Por alguns segundos, perdi o fôlego assustada.

Olhei para meu padrasto e rezei para que ele não tivesse percebido. Meu pai olhou para mim e sorriu. Eu me mantive quieta, e a sessão começou.

O juiz chamou minha mãe para depor, e um dos advogados de meu pai começou a falar:

— Senhora, é verdade que conheceu esse homem em uma festa, na data citada no processo?

— Sim.

— E que teve um caso de amor com ele e que engravidara de meu cliente?

Ela fixou-o desafiadoramente, com olhos brilhantes.

— Tivemos um pequeno flerte, foi só isso. Ele não me engravidou.

— Mas consta nos autos que sua filha nasceu quase dois anos antes do seu casamento.

— E por que ele teria de ser o pai de minha filha?

O advogado foi até a mesa e trouxe as duas cartas que ela enviara vinte anos atrás.

— Foi a senhora quem escreveu essas cartas, não foi?

— Sim.

— Então, por que o fez, se era um simples flerte?

— Fiquei com saudade. Era jovem e sonhadora. Não foi a sério, passou, esqueci.

— Mentiu nas cartas?

— Menti, sim.

— A senhora soube que ele contratou um detetive, quando teve acesso a essas cartas? E que ficou três anos procurando a senhora e a sua filha até encontrá-las?

— Sei. Ele disse isso à minha filha.

— Por que permitiu que ele se encontrasse com sua filha Elizabeth e a levasse à Europa?

— Por que negaria? Não temos dinheiro para tais viagens. Ela quis ir, e eu deixei.

— Deixa sua filha viajar com estranhos?

Ela parou para pensar, olhou para meu pai, e eu notei um raio de ódio brilhar. Ele desviou o olhar.

— Deixo. Ela é maior — respondeu com um tom de "e daí?".

— Não é estranho que ela vá à casa dele a cada dois meses?

— Eles criaram um vínculo de amizade, e minha filha é maior de idade e faz o que quer — repetiu.

— E se ele a usasse como amante?

Pensei que minha mãe se levantaria e socaria o advogado, mas riu ironicamente. Não daria o braço a torcer, então, repetiu:

— Ela é maior de idade.

Aquele, definitivamente, era um lado de minha mãe que eu não conhecia. Como ela podia mentir daquele jeito? Não era natural nela. Certamente, ela estudara cada gesto do oponente, e o advogado continuou provocando.

— Isso não a preocupa? A moral de sua filha?

— Me preocupo, mas o que posso fazer além de aconselhá-la?

Naquele momento, fiquei indignada. Ela preferia dizer a todos que eu era desonesta a reconhecer a paternidade? Meu padrasto cochichou ao meu ouvido.

— Ela está exagerando. Não pode fazer isso com você.

O advogado chegou à conclusão de que aquele tipo de interrogatório não levaria a nada e disse:

— Por enquanto, estou satisfeito, meritíssimo.

Nosso advogado de defesa começou:

— Senhora, seu marido é rico ou milionário?

— Não, senhor.

— Sua casa é grande e confortável?

— Confortável, senhor.

— Então, por que não quer que sua filha se torne herdeira do senhor Camargo?

Ela sorriu satisfeita.

— Não quero o dinheiro de quem não conheço. Somos felizes lá em casa com a vida que levamos. E não direi que um lunático é pai de minha filha apenas para que ela se torne herdeira dele. Isso seria trair meus princípios.

Nosso advogado disse ao juiz:

— É só isso, meritíssimo.

Minha mãe foi dispensada, e meu pai foi interrogado. Ele contou toda a verdade, foi sincero, não teve a frieza de minha mãe e, algumas vezes, o vi emocionar-se ligeiramente. O advogado dele, finalmente, perguntou:

— Por que o senhor quer fazer da senhorita Elizabeth sua herdeira, alterando o registro de nascimento dela?

Ele olhou-me e senti que falava para mim.

— Porque sei que ela é minha filha. Independente do que a mãe alegue, eu a amo assim e creio que ela tenha o direito de herdar tudo que for meu e tudo que vier dela. Até os filhos de Elizabeth serão meus netos.

"E a insinuação de que possamos ser amantes é pura falsidade. Ela é minha filha linda e querida, minha princesa, meu anjo, que me ajuda a levantar-me todos os dias de manhã e está dando sentido à minha vida."

Pensei que meu pai fosse chorar. O silêncio abateu-se no tribunal. Ninguém se mexia. Era como se o amor dele tivesse se tornado sólido, irredutível, e tocava a todos. Naquele momento, ficara claro que ele era meu pai e que laços fortes nos uniam.

Vi minha mãe baixar os olhos e levantá-los em seguida para fulminar meu pai. Depois, os olhos deles cruzarem-se novamente e vi ternura neles, de ambas as partes.

Mais uma vez, temi por meu padrasto e desta vez tive certeza de que ele percebera. A sentença viria dali a uns dias. Eu estava com minha família, e meu pai, na saída, veio até nós. Ele cumprimentou meu padrasto, beijou-me na testa, mas tentou ignorar a presença de minha mãe. Confiante, disse ao meu padrasto:

— Vocês deveriam saber que era causa perdida. Gastaram dinheiro à toa.

Foi minha mãe quem respondeu:

— O dinheiro já nos fez mal demais, não acha? Vindo de você e de sua família, ele deve ser maldito e fará minha filha infeliz.

Ele não respondeu à minha mãe. Limitou-se a olhar-me e perguntou:

— Elizabeth, almoça comigo amanhã?

Eu não conseguia sorrir. Entendia que minha mãe tentava odiá-lo para que o amor não tomasse conta dela novamente.

— Almoço — afirmei quase sem som.

— Conversaremos.

Ele tornou a beijar-me na testa, cumprimentou meu padrasto e saiu. Vi os olhos de minha mãe acompanhá-lo e se encher de lágrimas, enquanto ele se retirava. Infelizes pelo destino, nada mais, avaliei.

Abracei meu padrasto. Imaginei que ele estivesse se sentido abandonado. Eu queria estar com ele. Até uma pedra perceberia que meu pai e minha mãe ainda se amavam.

Em casa, o clima era de enterro. Fui para meu quarto e permaneci mais de meia hora lá, pensando naquela situação difícil. Quando saí, notei que minha mãe permanecera no quarto dela e que meu padrasto estava na sala. Sentei-me ao lado dele e aconcheguei-me, encostando minha cabeça em seus ombros. Ficamos em silêncio. Eu queria consolá-lo, mas não pude. Meu padrasto começou a falar depois de alguns minutos.

— Sabe, Elizabeth, durante todos esses anos de convívio, eu nunca consegui despertar em sua mãe a paixão que ela tem pelo seu pai. Eu me consolava, afinal, quem poderia disputar com um morto? Temos a mania de idolatrá-los como se fossem perfeitos, e eu me enganava pensando: "Isso passará. Ela se cansará de amar um morto. Eu estou vivo e ao lado dela todos os dias". Os anos, no entanto, se passaram... Não negarei que fui feliz, filha. Mortos não são concorrências físicas, e ela se dedicou a mim. Tivemos filhos, momentos felizes, mas, depois que seu pai apareceu, temi perder as duas. Sabia que dificilmente nós dois nos separaríamos, pois sou o único pai que você conheceu, mas, quanto à sua mãe... temi que ela corresse para os braços dele no primeiro momento em que o visse. Meu temor tinha razão, pois hoje ela quase fez isso.

"Meu Deus! Ele percebeu", pensei em desespero.

— Ela deve estar impressionada, pai. É só isso. Minha mãe idolatrou-o demais, pensando que estivesse morto por mais de vinte anos. Mortos parecem santos.

— Não tente me enganar, Elizabeth. Ela quis se vingar dele, e só fazemos esse tipo de coisa quando nos importamos com o outro. Eu vi no tribunal os olhares que os dois trocaram. Havia ternura no dele, e o dela vacilava entre o ódio e o amor. Não sou burro e hoje acabei de perder minha mulher.

— Pai, eles nunca mais se encontrarão. Você sabe disso.

— E sei também que sou o único empecilho.

— Está enganado, pai. Sei que está, foi só um momento, passou. Ela está assustada com o encontro.

Quando disse isso ao meu padrasto, lembrei-me das palavras do meu verdadeiro pai: "Tenho medo de encontrar com sua mãe e de que o delírio volte, pois trairíamos a todos".

Abraçada ao meu padrasto, decidi manter minha mãe e meu pai afastados. Era a única solução, pois eu sentia que, mesmo depois de tantos anos, o delírio voltaria e nos arrasaria. Não, eu não queria isso para nossa família.

No dia seguinte, encontrei-me com meu pai para o almoço. Eu estava totalmente desconfortável e notei que ele estava muito abatido.

— Que bom que veio, filha — comentou sorrindo e fingindo ânimo.

— Pai, como fica agora? — perguntei, enquanto me sentava.

— Não se preocupe, os advogados alterarão o registro de nascimento.

— Mas a sentença ainda não saiu.

Ele riu.

— Sua mãe não tem chance, e você sabe disso, filha. Se meu desejo é reconhecê-la, ninguém conseguirá me impedir — ele respondeu-me, olhando-me nos olhos.

Eu queria perguntar diretamente ao meu pai como ele se sentira diante de minha mãe, mas, como estava insegura de ser direta, apenas perguntei:

— Como se sente?

— Bem. Fiz o que deveria ter feito.

— Pai, não fuja da pergunta. Como se sentiu depois de ver mamãe?

Ele suspirou e olhou para o lado.

— Arrasado.

Meu pai ficou em silêncio, e eu me arrependi de ter lhe feito aquela pergunta. Após longos minutos, ele voltou a falar:

— Eu sabia que se a encontrasse, ela mexeria comigo. Quando a vi no tribunal, a única coisa que me veio à cabeça foi a sensação de que poderíamos ter sido felizes. O que estávamos fazendo naquele tribunal? Brigando em lados opostos por você, que é fruto do nosso amor. Elizabeth, isso não é amor, é castigo.

Meu pai respirou profundamente, e eu pensei que ele fosse chorar. Em casa, minha mãe não falara durante a manhã e parecia um zumbi. Pedimos o almoço, e eu mudei de assunto.

— Quando volta ao Rio?

— Hoje à noite. Faltam quinze dias para você voltar ao Rio. Não quer vir comigo hoje? Volte mais cedo para casa, filha.

— Não, pai. Meu padrasto precisa de mim.

Falei distraidamente. Já tinha como reflexo o cuidado de não chamar meu padrasto de pai na frente dele.

— Eu também preciso, Elizabeth. Às vezes, penso que vou explodir de raiva, amor e solidão.

— Pai, não fique assim. Vou encher sua casa de netos que não lhe darão sossego — falei, tentando brincar e aliviar o clima de enterro.

Ele riu.

— Cuidado! Temos seis quartos, e caberia meia dúzia deles em cada quarto. Robério tem lhe escrito?

— Não, pai. Éramos apenas parceiros de viagem. Ele já deve ter me esquecido.

— Quando você voltar ao Rio, faremos uma festa, e você será apresentada a todos. Convidarei os melhores e mais bonitos rapazes só para que você os selecione e para que todos saibam que é minha filha.

— Não precisa, pai! — falei rindo.

— Precisa, sim. É meu presente para você. É importante que alguns parentes comecem a se acostumar à ideia de que você é minha filha e herdeira.

Sorri sentindo-me insegura. Não sabia o quanto daquilo era sério.

— Ser sua filha já me basta.

— Eu sei, querida, mas um pai rico sempre ajuda.

Rimos e passamos o almoço falando sobre amenidades e a festa que ele desejava preparar para mim.

Quando nos despedimos, ele tornou a me pedir que eu fosse para o Rio naquele momento, mas julguei que não fosse adequado, por isso não fui. Nós nos despedimos, e eu fui para casa, sem saber o que esperar de meu pai e de minha mãe em relação ao futuro.

Capítulo 9

Com o passar dos dias, minha mãe começou a recuperar-se do choque de ter visto o homem que amava havia tantos anos. Eu acreditava que era impossível ela não sentir nada por meu padrasto, afinal, os dois se relacionavam bem. Algum vínculo certamente minha mãe estabelecera com ele. Quanto ao meu padrasto, eu sabia que ele a amava. Sem paixão ou delírio como meu pai, mas dedicava à minha mãe um amor sólido, persistente e estável.

Viajei para ficar com meu pai. Assim que cheguei ao Rio, ele começou a preparar a festa. Nós conversávamos e discutíamos. Eu queria convidar minha família, mas temia. Se convidasse a todos, menos minha mãe, imaginei o desconforto que isso causaria, e eu não queria fazer isso. Mesmo me sentindo traidora, resolvi, então, não falar nada a eles. "Nunca saberão", pensei com remorso.

Uma semana depois, os convites foram distribuídos, e meu pai ainda insistia que eu convidasse Robério. Eu até entendia o que ele queria. Se me casasse com alguém do Rio, ficaria morando lá definitivamente, mas, se me casasse com alguém de São Paulo, não poderia largar meu marido a cada dois meses para fazer-lhe companhia.

Eu compreendia essa atitude egoísta de meu pai e perdoava-o, afinal, ele me amava e não queria ficar sem mim. Meu pai não economizava dinheiro e contratou decoradores que tentavam me dar ideias, mas eu não entendia nada sobre decoração de festas e sentia-me muito perdida.

Quatrocentos convites foram distribuídos para a festa. Meu pai levou-me a um estilista famoso, que me recebeu como se eu fosse uma rainha. No meio de tantas roupas lindas, eu não sabia o que escolher, então, foi meu pai quem acabou decidindo o que eu vestiria no evento.

Meu pai entregava-se de corpo e alma aos preparativos e fazia questão de estar comigo. Andávamos de cima para baixo envolvidos com todos os preparativos. À noite, eu chegava cansada à nossa casa.

— Pai, você está exagerando.

— Exagero?! Nem pensar! Quero o melhor para minha melhor — ele respondia rindo.

— Pai, essa não sou eu.

— É, sim. Rainha por um dia e depois para sempre. Para sempre minha rainha. Majestade — e, rindo, fazia reverências.

Eu também acabava sorrindo. Era como um brinquedo para ele. Tentei entrar no clima de ostentação, mas tudo me parecia muito supérfluo.

O dia da festa finalmente chegou, e eu fui me arrumar. A sala parecia um salão de flores.

Ana e alguns empregados extras subiam e desciam sem parar as escadas. Ocupadíssima, ela bateu à porta do meu quarto.

— Elizabeth, quer ajuda para se trocar?

— Não, entre. O cabeleireiro já esteve aqui. Está bom assim?

— Seu pai vai amar. Há anos, não o vejo tão feliz e animado. Parece até que vai se casar.

Sorri.

— Ao contrário! Meu pai pensa em me arranjar um marido hoje. Elizabeth, a fatal! Nenhum homem do Rio resistirá aos meus encantos — afirmei brincando.

— Você está linda mesmo. Quero lhe dizer algo, posso?

— Fale, Ana.

— Cuidado com a tia de seu pai. Ela se chama Margareth e pensava que os filhos dela seriam os herdeiros. O boato de que a herdeira será você já se espalhou. Ela é mesquinha, se me permite dizer isso de sua tia-avó.

— Eu não a conheço, Ana.

— Vai conhecê-la hoje. Cuidado, não fique sozinha com ela, pois é uma pessoa perigosa. Acredite em mim.

— Obrigada pelo aviso. Ficarei atenta.

— Boa festa, senhorita. Divirta-se.

Ana fechou a porta, e eu fiquei imaginando quem seria a tal Margareth. Ela foi a primeira a chegar. Ana foi avisar-me e me disse que ela chegara à casa acompanhada de um filho casado e de três crianças, que eram seus netos.

Até todos os convidados chegarem, eu não desceria para a festa. Desceria as escadas com meu pai, como um *début* aos quase vinte e dois anos. Estava acabando de me arrumar, quando bateram à porta.

Já vestida, pensei que era meu pai ou Ana à porta e, sem maiores preocupações, pedi que entrasse. A porta abriu-se, e vi uma mulher gorda, austera e com ar antipático. Pensei: "Deve ser a tal Margareth. Deus, me ajude".

Eu estava sentada em frente ao espelho, e ela não me cumprimentou. Simplesmente entrou no quarto, deixou a porta aberta e ficou me examinando, como se eu fosse uma mercadoria. Decidi quebrar o silêncio:

— Não a conheço, senhora.

— Eu também não a conheço, mas tinha curiosidade de ver a filha de uma prostituta.

— O que a senhora está dizendo? Acho que entrou no quarto errado.

Ela olhou minha imagem no espelho com desprezo.

— Tudo o que minha irmã tentou evitar aconteceu agora. Você e sua mãe são espertas.

— Senhora, retire-se, por favor. Hoje é meu dia de festa, e a senhora não o estragará.

— A verdade nunca estraga nada. Só estraga a mentira.

— A senhora soube que meu pai precisou processar minha mãe para poder alterar meu registro?

Ela riu com desprezo.

— Eu duvido!

Meu pai entrou no quarto, e eu dei graças a Deus por isso. Ele ordenou:

— Tia, a festa é lá embaixo. Mantenha-se lá embaixo, por favor. Aqui é o reduto de minha princesa.

Os olhos de Margareth fuzilaram-me. Ela saiu pisando duro e sem dizer uma palavra. Meu pai logo percebeu que eu estava nervosa e aproximou-se de mim, colocando as mãos em meus ombros e dizendo calmamente:

— Calma, filha. Não deixe essa cobra enervá-la.

— Por que a convidou?

— Não tive escolha. Eu e meu primo sempre nos demos bem. Ela mora com ele, e eu não poderia colocar no convite o aviso: "Não traga sua mãe". Poderia?

— Ela chamou minha mãe de prostituta.

Ele suspirou decepcionado:

— Quem nunca amou, não pode entender o amor, filha. Minha mãe e minha tia jamais entenderiam o que houve entre mim e sua mãe. Ela tentará transformá-la em uma oportunista, não porque a odeie ou odeie sua mãe, mas por causa do dinheiro, a herança que ela imaginava que os filhos receberiam. O pior de tudo é que eles não são assim. Um deles está curioso para conhecê-la, mas é só. Esqueça! Você está linda e, se não receber hoje no mínimo dez propostas de casamento, terei de reconhecer que não existem mais homens de bom gosto no Rio — ele disse brincando, abaixou-se e beijou-me na testa.

Eu ainda estava abalada, quando desci as escadas de braços dados com meu pai. Ele desfilou comigo pelo salão, apresentou-me a todos, enquanto eu sentia o ar de curiosidade dos convidados. Ninguém se atrevia a perguntar mais nada ou de onde eu aparecera de repente.

Tive a grata satisfação de ter meu padrasto e meus irmãos impecavelmente vestidos. Corri para eles e abracei-os cheia de felicidade. Surpresa, perguntei:

— Quando chegaram? Onde estão hospedados?

Maravilhado com a festa, Augusto, meu irmão de dezessete anos, respondeu-me distraidamente, enquanto olhava tudo:

— Chegamos ontem e estamos em um hotel. Seu pai mandou nos buscar e está pagando tudo.

Voltei-me para meu pai, que estava ao meu lado, e cochichei:

— Amo você.

Ele sorriu satisfeito e respondeu.

— Sabia que ficaria mais feliz.

Meu padrasto estava um tanto desconfortável com a roupa engomada e a gravata. Não estava acostumado àquele tipo de traje.

— Fiquem à vontade. Falei e peguei meu padrasto pelo braço. Meus irmãos acompanharam-nos, e eu levei-os até a mesa farta.

— Não conhecem ninguém, não é? — perguntei.

Eles balançaram a cabeça confirmando.

— Nem eu — confessei, e nós rimos divertidos.

— Você está linda — comentou meu padrasto, e eu beijei-o na face.

— Obrigada! Nada que um vestido caro e um bom penteado não possam fazer. Sou, no entanto, a mesma.

Eu queria perguntar por minha mãe, não me atrevi. Eu andava pelo salão, às vezes ficava com meu pai, outras com meu padrasto, os dois homens mais importantes de minha vida até ali. Procurava não ficar sozinha, pois não queria que Margareth se aproximasse novamente.

Augusto, meu irmão, logo se enturmou com alguns jovens, enquanto meu padrasto fazia companhia ao meu irmão mais novo. Papai conversava com todos, alguns se aproximavam de mim, mas a conversa não fluía. "Gosta do Rio?" "Soube que foi à Europa, o que achou?". As perguntas eram feitas entre rodeios.

Quando o baile começou, fiquei mais à vontade. Dancei a primeira música com meu pai e a segunda com meu padrasto. Depois, foi a vez de dançar com meu irmão e com vários rapazes.

Enquanto olhava para as pessoas à minha volta, pensava: "Há mais de quatrocentas pessoas aqui, e menos de meia dúzia realmente me importa e se importa comigo".

Por volta das duas horas da madrugada, meu padrasto retirou-se com meu irmão mais novo, pois estavam com muito sono.

Animado com as garotas e com o baile, Augusto permaneceu na festa, e eu aproveitei para perguntar sobre minha mãe:

— Ela está no hotel, mas não quis vir à festa. Veio para o Rio, porém, fez questão de pagar a própria viagem. O hotel é lindo, Elizabeth. Vamos ficar a semana toda. Seu pai é ótimo, e estamos de frente à praia. Nunca pensei em fazer uma viagem assim.

Eu ri do entusiasmo de Augusto. Certamente, ele desejava ter um pai como o meu, mas meu irmão era imaturo e não sabia quanta coisa, além do dinheiro, contava. Se não fosse o dinheiro da família de meu pai, ele e minha mãe estariam casados e felizes.

Estava cansada e com os pés doendo, quando o último convidado se retirou. Já amanhecia, quando me joguei no sofá da sala. Meu pai sentou-se ao meu lado e afrouxou a gravata. Ele ainda estava vestido impecavelmente e comentou:

— Estou velho para noitadas.

Sorri e respondi:

— E eu jovem para sapatos novos.

Ele abaixou-se, tirou meus sapatos e jogou-os longe.

— Pobre princesa! Que preço alto a pagar! Quantos convites de casamento recebeu? Dê-me a lista! Vou selecionar os pretendentes! — disse brincando.

— Nenhuma.

— Nem do tal Robério?

— Eu não o vi.

— É, eu também não. Certamente não pôde vir. Azar o dele, pois não sabe o que perdeu. Consegue subir as escadas ou quer que seu velho pai a carregue?

Tornei a sorrir.

— Velho! Você não parece velho, pai.

— Talvez, mas depois de uma noitada dessas, não consigo carregar nem uma rosca escada acima.

— Vamos, velho pai, eu o carrego.

Segurei-o pelo braço como se o puxasse, e subimos as escadas. O quarto de meu pai ficava antes do meu. Quando chegamos à porta, abracei-o e agradeci novamente.

— Adorei a surpresa, pai. Obrigada.

— Tudo para vê-la feliz, meu anjo.

Meu pai entrou no quarto dele, e eu entrei no meu. Tirei a roupa e caí na cama de qualquer jeito. Estava muito cansada.

Só acordei no dia seguinte às três da tarde e encontrei meu pai cuidando dos passarinhos.

— Como está, velho pai? Já se recuperou?

— Já, e seus pés?

— Estou usando chinelos confortáveis. Como é bom!

Ele riu e olhou para meus pés.

— Já comeu?

— Não, ainda estou de estômago cheio.

— Tome pelo menos um suco de laranja.

— O que está fazendo?

— Alimentando os pássaros.

Comecei a ajudá-lo a renovar a água e a comida dos pássaros.

— Pai, amanhã, irei ao hotel ver minha família.

— Vá, filha. Ficarei fora o dia todo. O motorista me levará ao trabalho e depois ficará à sua disposição.

— Obrigada, pai.

Ele sorriu e brincou:

— Quero meu investimento em netos!

— Assim que eu arranjar um marido — respondi sorrindo e retirando-me.

Capítulo 10

No dia seguinte, uma segunda-feira, passei o dia com minha família. Fizemos um piquenique na praia e andamos pelo Rio. Minha mãe tentava esconder o mau humor e não me perguntou nada sobre a festa. Augusto não parava de falar, encantado com as garotas e com o lugar. Até eles partirem, eu os veria todos os dias.

Dois dias depois da partida de minha família, recebi a visita de Margareth à hora do chá. Eu não a havia convidado e notei o olhar de Ana me avisando para tomar cuidado. Meu pai não estava em casa, demoraria a chegar, então, senti-me desamparada. Ela chegou tentando ser simpática.

— Vim para um lanche. Sei que não fui convidada, mas precisamos conversar.

— Não tem problema, embora eu não imagine o que tenhamos para conversar.

— Muita coisa, minha cara.

Eu não estava com fome e não tinha o costume de lanchar à tarde. Mesmo assim, me esforcei, e ela foi direta.

— Aonde pensa que quer chegar, Elizabeth?

Senti que ela frisou meu nome, como se quisesse me perguntar: "Quem você pensa que é?".

— A lugar nenhum.

— Sua mãe deve ser bem esperta. Há vinte anos, deixou meu sobrinho encantado e agora quer fazê-lo de novo usando-a.

— Gostaria de saber o que a senhora tem com isso.

— Tenho responsabilidade com minha família. Não é porque minha irmã morreu que vou abandonar meu sobrinho.

— Sua irmã é a culpada por isso. Eles se amavam e, se ela não tivesse interferido, teriam sido felizes. Não vê o que fizeram a eles?

— Só vejo o bem que fizemos a ele, não permitindo que se casasse com uma mulher que foi para a cama com meu sobrinho logo quando o conheceu. Certamente, ela tinha o costume de fazer isso.

— Gostaria que a senhora se retirasse — pedi tentando permanecer calma.

— Esta casa é mais minha que sua, minha cara. Antes de me casar, vivi aqui com minha irmã durante muito tempo. Não entendo o que esse louco pensa que está fazendo adulterando seu registro. Pensa que não sei quais foram os truques que sua mãe usou?

Suspirei para não bater em Margareth.

— Que tal a senhora falar com ele? À noite, ele estará aqui. Eu pude sentir o ódio de Margareth e pensei: "Será que a mãe de meu pai era do mesmo tipo? Para fazer o que fez, deveria ser". Por fim, levantei-me.

— Desculpe, estou ocupada. Da próxima vez, avise com antecedência sobre sua visita.

Ela também se levantou, antes que terminassem de pôr a mesa. Depois, voltou a sentar-se e serviu-se de café e biscoitos, como se dissesse: "A casa é minha. Irei embora quando eu quiser".

Retirei-me da sala, fui ao meu quarto e lá fiquei. Entendendo que precisaria conviver com aquele tipo de gente, quis voltar correndo para minha casa em São Paulo e aos braços de meu padrasto.

Queria ficar perto de meu pai, não do tipo de gente que o rodeava. Para distrair-me, comecei a ler, afinal, ficaria no Rio por mais de um mês. Meu pai chegou quando já anoitecia. Eu permanecera em meu quarto o resto da tarde, e Ana contou-lhe sobre a visita de Margareth. Percebi isso, quando o vi entrar irritadíssimo em meu quarto. Ele perguntou:

— Ela a magoou, não foi? Despeitada! Foi por isso que entrei com o pedido de reconhecimento de paternidade. Preciso registrá-la como minha filha para que não lhe tirem nada. Maldita! Aposto que estava com minha mãe quando me traíram daquela forma.

Meu pai gritava, e eu sentia todo o ódio dele. Pedi:

— Calma, pai. Você ganhou o processo. Não poderão fazer nada.

— É mesmo, filha — falou, tentando acalmar-se. — Tomei e tomarei todo o cuidado para não deixar nenhuma brecha legal para essa gente. O dinheiro parece despertar o pior nas pessoas, mas eu não sou assim. Dinheiro para mim é um meio. Nasci em uma família rica, contudo, vejo que, se eu fosse de classe média, teria uma vida mais realizada no que diz respeito a meus objetivos emocionais.

— É só ela, pai.

— Não, filha, não é não. Ela é só a declarada. Existem os escamoteados também, que são os piores. Cuidado, está bem?!

— Tudo bem, pai. Fiquei incomodada com a visita, mas já passou.

Eu também podia sentir o medo dele, como se eu fosse indefesa e precisasse atravessar um mar de cobras, e o pior é que meu pai estava certo.

Os dias passaram-se, e finalmente voltei a São Paulo. Que delícia e tranquila era a vida lá. Em minha cidade, eu não precisava me preocupar com o fato de haver pessoas desejando me tirar algo ou me ferir.

Durante os dois meses em que passei em São Paulo, percebi claramente que as coisas entre meu padrasto e minha mãe não estavam muito boas. Cada um estava para seu lado, e os dois quase não se falavam. Quando eu questionava se estava acontecendo algum problema, ambos negavam.

Augusto quis ir comigo ao Rio, então, pedi permissão ao meu pai para levá-lo. Ele acatou meu pedido, afinal, meu irmão seria uma companhia para mim naquela mansão vazia.

Todas as vezes em que eu chegava ao Rio, meu pai ia ao aeroporto me receber. Dessa vez, contudo, ele não estava lá. Já se passara mais de um ano desde que nos encontramos pela primeira vez, e meu pai faria aniversário novamente dali a um mês. Eu queria fazer-lhe outra surpresa, mas não sabia o quê.

Entramos no carro que nos esperava e fomos para casa. Instalei meu irmão no quarto ao lado do meu. Ele, então, começou a desfilar pela casa e a contar o número de quartos. Depois, Augusto me disse que queria viver lá o resto da vida, e eu só sorri e pensei: "Até conhecer tia Margareth", e odiei meu nome por ser parecido com o dela. Rezava para que ela não aparecesse mais.

Não tive essa sorte. Dois dias depois, Margareth novamente apareceu sem ser convidada. Augusto e eu jogávamos damas na sala, e, quando nos viu, sentou-se no sofá como se estivesse na própria casa e perguntou mordazmente:

— Já está trazendo a família para tomar posse?

Meu pai, por acaso, estava no gabinete trabalhando, algo com que ela não contava. Ele respondeu às costas de Margareth.

— O problema é meu, não acha? Se eu quiser trazer todos para cá, trarei. Se quiser ir até o prostíbulo próximo e trazer todas para cá, trarei.

Margareth levantou-se do sofá um tanto assustada com os gritos e com a agressividade de meu pai. Ela olhou para mim e para meu irmão, fuzilando-nos com os olhos.

— Traria mesmo, afinal, está acostumado com prostitutas!

Margareth disse isso, deixando bem claro que se referia a mim e à minha mãe. Pensei que meu pai fosse esbofeteá-la até se cansar, mas ele limitou-se a pegá-la grosseiramente pelo braço e, quase a arrastando, colocá-la para fora de nossa casa.

— Não sei como pode ter um filho maravilhoso como o que tem, sua cobra venenosa! — argumentou meu pai irado.

— Ele não sabe cuidar dos interesses dele.

— Se ele tem um bom cargo em minha empresa é porque é competente. Não volte mais aqui! Entendeu?

Meu pai soltou Margareth tão abruptamente que ela cambaleou. Depois, ele bateu a porta com força. Meu irmão estava branco, e eu, gelada. Meu pai caminhou até nós.

— Desculpem-me pela cena — meu pai beijou-me na testa e voltou completamente irado ao gabinete.

— Quem é essa peça? — perguntou Augusto, ainda lívido.

Contra minha vontade, contei-lhe toda a história.

— Credo! Que família! Pobre de você, Elizabeth.

— Meu pai me defende — afirmei ainda um pouco trêmula. Eu temia muito aquela mulher.

— E como! Ele é capaz de matar por você!

Quando fez aquela afirmação, meu irmão utilizou o sentido figurado, mas gelei ante a ideia. Será que minha presença causaria uma guerra por dinheiro na família? Eu não queria que isso acontecesse.

Pouco mais que um adolescente, Augusto era muito divertido, e nós saíamos muito. Ele estava encantado com toda a beleza que a cidade podia oferecer. Dias depois, quando ele já pensava em voltar para São Paulo, meu pai ofereceu-lhe um emprego.

Augusto era filho legítimo de meu padrasto e escreveu-lhe pedindo autorização para ficar no Rio. Era um costume da época e demonstrava respeito.

Até a carta ir e voltar, mais de quinze dias se passaram. Meu padrasto deixou claro na correspondência que não gostaria que ele aceitasse o trabalho, mas permitiu que o filho tomasse a decisão. Augusto estava entusiasmado e gostava de meu pai como se ele fosse um Deus.

Toda a riqueza impressionava meu irmão, que começou a trabalhar para meu pai em uma de suas empresas como aprendiz.

Para mim, o fato de meu irmão ter ficado no Rio era ótimo, afinal, eu passara a ter uma companhia jovem, principalmente nos fins de semana. Os dois meses se passaram, e eu voltei a São Paulo. Augusto ficou trabalhando para meu pai.

Quando cheguei em casa, encontrei mamãe irada com a permanência de Augusto no Rio. Ela reclamava:

— Ele vem e leva todos! Em breve, também tentará mudar o registro de Augusto.

— Mãe, não exagere! Ele sabe que Augusto não é filho dele.

— Meu Deus! Aonde vou, eu encontro esse homem, e ele quer sempre me tirar algo. Primeiro, minha paz, agora, meus filhos.

Tentando manter-me calma, respondi:

— Pedi ao meu padrasto que deixasse Augusto ficar no Rio, pois é uma ótima oportunidade para ele. Mãe, ele logo será um homem feito. Augusto já tem dezessete anos, poderá galgar um bom cargo, ter um excelente salário, estabilidade, voltar a estudar...

— Ele não está preparado, Elizabeth — intercedeu minha mãe.

— Ele se preparará. Aqui, sem fazer nada, é que não ficará pronto — argumentei, perdendo a paciência.

Apesar do desagrado, meu padrasto percebia que eu estava certa. Augusto não podia deixar passar aquela oportunidade, e nós, meu padrasto e eu, sabíamos que o ódio de minha mãe era a forma que ela encontrara de manter o amor e a saudade sob controle.

Meu padrasto sofria, e eu sentia muito por ele. Fazia de tudo para dar-lhe atenção e carinho, pois não queria que ele se sentisse abandonado por nós duas.

Pedi à minha mãe que parasse de reclamar, pois Augusto voltaria para São Paulo nas férias. Eu nem comentara com ela que, quando me tornasse a herdeira do patrimônio de meu pai, seria bom ter alguém capaz e de confiança na direção das empresas. "Quem sabe papai não pensou nisso? Provavelmente, sim", eu pensava.

Os meses passavam-se, e eu continuava dividida entre as duas casas. A cada dois meses, me mudava, mantendo a felicidade e a saudade iguais de ir de uma a outra.

Augusto continuou morando com meu pai no Rio, e os dois se davam muito bem. Meu irmão era esperto, interessado e ainda estava encantado com o mundo dos negócios.

Três anos depois, meu pai encarregou-o de ir à Europa para resolver alguns contratempos. Augusto já estava completamente familiarizado com a empresa e falava inglês fluentemente. Não era mais um aprendiz.

Nos dias que antecederam a viagem, Augusto mal dormia de excitação. Ele não estava apenas feliz com a incumbência; estava realizado com a confiança que meu pai demonstrava e depositava nele e com o prazer de fazer uma viagem que sabia ser impossível para a nossa condição financeira.

— Elizabeth, queria que o senhor Camargo fosse meu pai — Augusto me disse, e eu tornei a ficar triste com essas palavras.

— Augusto, como seu pai se sentiria se o ouvisse dizer isso? Não pense e não fale assim, pois isso me entristece.

— Estou sendo sincero. Seu pai é durão no escritório, parece um general, e todos o respeitam. Até eu o temi nos primeiros dias. Ele, no entanto, é um amigão, e, com o salário que recebo dele, consigo pagar folgadamente um aluguel. Sem você lá, me senti um intruso e acabei decidindo morar em outro lugar.

"Quando eu disse isso a seu pai, ele me pediu para ficar. Hoje, eu moro aqui, nesta casa imensa e linda, e me sinto um parente e até filho dele. Aliás, dizem as más línguas que seu pai tem vários filhos por aí e que agora resolveu assumir todos. Você é uma, e eu sou o outro.

— Isso é absurdo! — afirmei, mas sabíamos que as pessoas tinham más línguas.

— Nós sabemos disso, e os mais próximos também, mas no escritório corre esse boato.

— Quem lhe disse isso?

— Uma moça que trabalha como datilógrafa na empresa. Outro dia, nós saímos para almoçar, e ela me perguntou se eu realmente era filho do senhor Camargo, e eu respondi que não. Que era o meio-irmão da filha dele. Ela me olhou, sem acreditar na minha resposta. Você precisa ver como elas me olham! Pensam que sou rico.

— Augusto, não vá se meter em encrenca e jogar seu futuro fora.

— De jeito nenhum! Não sou otário. Fique sossegada! Não vou perder a chance de viajar pelo mundo e me estabilizar financeiramente.

Eu ri da alegria de Augusto. Depois do jantar, ele e meu pai ficavam horas discutindo sobre negócios e política. Eu não reconhecia mais meu irmão. Augusto não era mais o garoto que eu conhecia, alienado de tudo e preocupado apenas com namoricos.

Augusto partiu para a Europa com mais dois administradores do escritório. Nós os levamos ao aeroporto. Meu irmão estava feliz como uma criança em dia de Natal.

Na volta para casa, agradeci ao meu pai. Eu desconfiava de que Augusto ainda não estava preparado para aquele cargo, mas meu pai comentou:

— Ele é um rapaz esperto, dinâmico e interessado, filha. Quero deixar alguém de sua confiança para quando eu partir deste mundo.

— Ainda levará anos para isso acontecer, pai.

— Se não se perder pelo caminho, um bom empresário também leva anos para se formar, filha.

— Como assim, pai?

— Se não se deixar levar pela corrupção, por amizades interesseiras. Tenho tentado mostrar isso a ele, e, aparentemente, Augusto tem percebido.

Durante os dias de viagem de Augusto, senti muito a falta dele. Meu pai também sentiu, pois se acostumara a ter alguém mais interessante que eu para falar dos negócios. Por um breve momento, fiquei enciumada, mas depois passou. Eu os amava muito.

Nos fins de semana, eu sempre saía com meu pai. Quando íamos a restaurantes, ele sempre encontrava pessoas conhecidas e era convidado a sentar-se à mesa deles. Ele, contudo, sempre recusava os convites.

Eu ainda sentia o olhar das pessoas me medindo, e um desconforto invadia-me ante a indiscrição.

Em um daqueles domingos, nós, como sempre, entramos no restaurante de braços dados. Enquanto o *maître* nos conduzia a uma mesa, ouvi chamarem meu pai. Ele olhou e sorriu dizendo:

— Venha, filha. Quero que você os conheça.

— Eles não estavam na festa? — perguntei por perguntar, pois não me lembrava mais de quase ninguém.

— Não. Estavam de férias na Europa.

Nós nos aproximamos, e meu pai apresentou-me a um homem, uma mulher e duas adolescentes.

— Venha, Camargo, sente-se conosco. Ainda não fomos servidos. Acabamos de chegar também.

Meu pai olhou para mim como se me pedisse autorização, e eu discretamente meneei a cabeça dizendo que sim. Era a primeira vez que ele fazia aquilo. Antes, só recusava e pronto.

O garçom trouxe mais duas cadeiras, e nós nos sentamos. Aparentemente, os dois não se viam havia tempos e logo entabularam uma conversa à qual eu procurava prestar atenção.

Fizemos o pedido e logo depois fomos servidos. Já estávamos no meio da refeição, quando um rapaz se aproximou sorrindo:

— Desculpem o atraso!

— Você só vai comer a sobremesa — falou o amigo de meu pai em tom de brincadeira.

— Nem pensar, estou morto de fome — afirmou ele.

O rapaz olhou o que ainda tinha nas bandejas e sorriu muito à vontade.

— Gosto de tudo.

Ele pediu outra cadeira, e tivemos de juntar ainda mais as nossas para abrirmos um lugar para ele. Ele sorriu para meu pai maliciosamente e perguntou:

— Como vai, senhor Camargo? Namorada nova? Ela é linda!

Senti o desconforto dos parentes do rapaz por ele ter feito, sem cerimônia alguma, aquele comentário.

Meu pai sorriu despreocupado e corrigiu:

— Não é minha namorada. É minha filha Elizabeth.

O rapaz abriu um sorriso encantador e olhou-me melhor.

— Filha! Que bom! — falou em tom de brincadeira.

— O que você quis dizer com esse "que bom"? — perguntou meu pai, fingindo estar irritado.

— Que ela é uma linda mulher.

Ele exagerava, e eu percebi que fazia o tipo galanteador. O rapaz sentou-se quase diante de mim, entrou na conversa dos pais e depois começou a conversar comigo. Percebi que ele realmente estava com fome, pois comeu bastante. A mãe do rapaz ralhou com ele como se fosse uma criança.

— Coma com modos — ela disse indiscretamente.

— Ora, mãe! Estou com fome.

— Não devia ter se atrasado desse jeito.

— Eu adoro a comida daqui.

O rapaz me olhou, sorriu e piscou como se me perguntasse: "O que posso fazer?". Enquanto ele comia com gosto, nós esperávamos que terminasse para pedirmos a sobremesa.

Saímos do restaurante perto das quatro horas da tarde. No carro, meu pai alertou-me.

— Elizabeth, cuidado com esse rapaz, pois ele é um perigo. É um conquistador e acumula escândalos com garotas e até com mulheres casadas.

Sorri e comentei:

— Ele deve ser muito ocupado, então.

— E é mesmo. Gosto deles, são boa gente. O rapaz também é, mas é muito mulherengo.

— Ciumento! — observei. Certamente, meu pai viu quando o rapaz piscou para mim.

— Lógico, é minha filha! E se ele a fizer sofrer, vai se ver comigo.

Meu pai era como todo pai que ama a filha. Ninguém era bom o bastante para mim. Em todos os homens ele via um grave defeito, mas se esquecia dos meus.

No restante da tarde, meu pai e eu ficamos jogando xadrez. Eu não sabia direito como jogar, mas, assim que peguei o jeito, ganhei duas vezes seguidas dele. Rimos muito por eu ter conseguido ganhar, pois ele era um *expert*.

Uma semana depois, Maurício, o rapaz que eu conhecera no restaurante, apareceu em casa à tarde, em um horário em que meu pai não estava presente. Não gostei dessa liberdade, e ele deve ter percebido isso rapidamente, pois disse:

— Desculpe vir sem avisar. Seu pai não está, mas você não está sozinha. Há muitos empregados aqui, não é?

— É verdade.

— Pensei que podia estar entediada. Quer sair um pouco?

— Você não trabalha? — perguntei incomodada, pois ele parecia muito folgado.

Ele riu divertido.

— Meu pai também é rico, mas eu trabalho, sim. Sou uma espécie de relações públicas. Às vezes, tenho tempo livre durante o expediente.

Tive certeza de que era mentira, que ele era um boa-vida, mas não disse nada.

Convidei-o a sentar-se, avaliando que meu pai não gostaria daquela visita inesperada, mas também julguei que seria mal-educado mandá-lo embora. Ele ficou em minha casa durante umas duas horas e contou-me muitas fofocas engraçadas que corriam, inclusive, sobre mim. Eu não levei a sério e sorri.

Entre outras coisas, algumas pessoas diziam que minha mãe extorquia dinheiro de meu pai havia anos e que ele a sustentava em um palacete em São Paulo, construído só para ela. Pensei: "Pobre mamãe! Se souber dessas coisas, morrerá de raiva". Talvez Margareth tenha espalhado aqueles boatos só de maldade, mesmo sabendo que não era verdade.

Depois, Maurício se foi, prometendo voltar. Não acreditei, contudo, nisso.

Capítulo 11

Alguns dias depois, meu pai comunicou-me que compradores viriam de outro país e que ele queria lhes oferecer um jantar em casa. Pediu-me, então, que organizasse tudo.

Instruída e auxiliada por Ana, elaborei um menu sofisticado para o jantar. Ela acostumara-se com minha presença na cozinha. Eu passava as tardes fazendo bolos e biscoitos, pois meu pai adorava esses pequenos mimos que eu lhe fazia com todo o carinho.

Impecável, o jantar transcorreu muito bem. A mesa com flores e muitas frutas deixaram os convidados encantados. A única mulher do grupo mal falava português, mas conseguimos nos entender. Após o jantar, levei-a para conhecer parte da casa.

Os convidados foram embora perto das dez horas da noite. Eu estava cansada, e papai, exultante. Feliz, ele elogiou-me.

— Estava ótimo, filha. Nunca pensei que você fosse uma anfitriã tão boa. É mesmo do meu sangue.

— Vou ficar convencida.

Meu pai abraçou-me com força, e eu percebia que ele sempre fazia questão de me elogiar-me e que fôssemos amigos.

Lembrei-me de que não contara a meu pai sobre a visita de Maurício para não aborrecê-lo e resolvi não tocar no assunto.

Não havia se passado quinze dias da primeira visita, e, novamente, o rapaz voltou sem avisar. Eu sentia desconforto com a situação, mas ele se comportava como se fosse algo natural. Maurício convidou-me para uma festa.

— Sinto muito, voltarei para São Paulo.

— E por que você viajará para São Paulo?

Sem opção, narrei o porquê de minhas idas e vindas, e ele, que sempre me parecera vulgar e vazio, cerrou o cenho e olhou-me como se tentasse entender melhor o que eu dizia:

— Deve ser difícil para você ficar dividida entre duas famílias.

— Já foi pior. Eu sentia-me uma estranha aqui, mas me acostumei um pouco mais. É, ao mesmo tempo, uma tristeza e uma alegria. Fico triste em deixar meu pai, mas alegre por voltar para a outra casa, afinal, sinto saudades de meu pai, minha mãe e de meus irmãos.

— E como foi para você a descoberta?

— Eu já sabia que não era filha legítima de meu padrasto, só não esperava que meu pai biológico nos procurasse depois de vinte anos.

Flagrei-me contando tudo sobre nós, desde o início até o processo jurídico. Maurício comentou:

— De certa forma, eu entendo sua mãe.

— Eu também.

A tarde foi se escoando, e meu pai chegou em casa. Ele nos encontrou na sala conversando distraídos.

Ao ver meu pai, Maurício sorriu como se fosse natural para ele encontrá-lo lá. Meu pai juntou-se a nós, e os dois começaram a conversar sobre alguns negócios.

Eu continuei em dúvida se Maurício trabalhava ou não. Apesar de meu pai tratá-lo bem, ficara óbvio que ele não gostara nada da presença do rapaz ali comigo.

Maurício acabou ficando para o jantar e saiu de nossa casa por volta das oito horas da noite. Ele era animado e envolvente. Depois que ele saiu, papai perguntou:

— Fazia tempo que ele estava aqui?

— Chegou por volta das duas da tarde. É a segunda vez que Maurício vem aqui.

— Você não me contou sobre a primeira.

— Desculpe, eu esqueci. Ele veio rápido e logo se foi. Hoje, apareceu aqui para me convidar para uma festa.

— Você irá?

— Não! Estarei em São Paulo.

Meu pai entristeceu-se quando se lembrou de que eu partiria e abraçou-me.

— Você já vai voltar. Quando está aqui, dois meses parecem dois dias, mas, quando você vai para lá, parecem dois anos.

Abraçada a ele, eu podia sentir a tristeza que o invadia.

— Sinto muito, pai.

— Eu também, filha. Cuidado com esse rapaz. Não gosto que ele a assedie. Maurício tem quase trinta anos, mas se comporta como alguém de dezoito.

— Pai, ele disse que trabalha. É verdade?

— É, sim. Maurício é o braço direito do pai na empresa.

— Mas veio aqui duas vezes na parte da tarde. Pensei que fosse mentira.

Papai riu preocupado.

— Cuidado mesmo! Ele deve estar interessado em minha garotinha.

— Garotinha?! Em breve, farei vinte e cinco anos, pai.

— Eu sei, meu amor. Você quer ter sua própria família, não é? Sei que é seu direito. Tenho medo de que se case em São Paulo e, entretida com sua família, acabe me esquecendo.

Meu pai estava certo sobre aquele temor, afinal, quando me casasse e tivesse filhos, não poderia ficar indo e vindo ao Rio a cada dois meses.

Dias depois dessa conversa, voltei para São Paulo. Havia tempos, eu não levava bagagem em minhas viagens. Carregava apenas uma pequena frasqueira e presentes para todos. Deixava minhas coisas em São Paulo e as do Rio no Rio. Aos poucos, meu pai me comprara um enxoval novo, e eu não precisava ficar transitando de mala.

Em São Paulo, encontrei todos um pouco doentes, com um resfriado forte, e cuidei deles. Mamãe passou uns dias de cama, com febre alta.

Recebi uma carta de Maurício e imaginei que ele convencera meu pai a dar-lhe meu endereço. Ele comentava sobre a festa que eu não pudera ir e dizia que sentia saudades de mim. Pensei que, com Augusto viajando, uma companhia seria boa, pois havia dias em que o tédio me assolava no Rio.

Os dias em São Paulo corriam. Dias antes de voltar para o Rio, peguei o resfriado que assolara a todos. Meu padrasto enviou um telegrama para meu pai, avisando-o de que me atrasaria uns dias.

Pensei em meu pai e em como ele aguardava ansioso a minha volta. Só pude ir quinze dias depois da data prevista, ainda meio doente e de nariz vermelho devido à coriza.

No Rio, tive uma recaída e tornei a ficar de cama com febre e mal-estar. Meu pai levou-me ao médico, que diagnosticou um forte resfriado, e só assim ficou aliviado.

Quando Augusto voltou ao Rio, eu ainda estava de cama e não pude ir ao aeroporto buscá-lo.

Ele passou horas no meu quarto contando detalhes da viagem. Minha cabeça latejava, mas eu não queria tirar o prazer de meu irmão, então, apesar do mal-estar, ouvi tudo o mais atentamente que podia.

Papai chegou em casa, e os dois ficaram conversando no meu quarto, enquanto eu só queria dormir. Ana me trouxe uma sopa quente e deliciosa e chamou a atenção deles.

— Senhores, acho melhor irem para a sala, pois Elizabeth deve estar querendo dormir. Ela teve febre hoje.

— Oh, filha, desculpe! Não queríamos incomodá-la. Tem razão, Ana — comentou meu pai com ares de preocupação.

Tive vontade de beijar Ana por ela ter me ajudado, tirando-os dali.

No dia seguinte, Maurício visitou-me. Ele já sabia que eu estava doente, então, perguntei:

— Como soube notícias minhas? Não tenho amigos aqui.

Ele riu.

— Peço ao meu pai para perguntar ao seu. Eles se falam várias vezes por semana, pois têm negócios em comum.

Eu duvidava que meu pai tivesse dado meu endereço tão facilmente.

— Como descobriu meu endereço em São Paulo?

— Você não respondeu minha carta, não foi? Pensei que não tivesse recebido.

— Fiquei doente.

— Boa desculpa.

— Você não respondeu à minha pergunta — insisti.

— Isso foi duro. Precisei convencer seu pai. Ele apenas me deu seu endereço, depois de me fazer muitas ameaças.

— Que você não levou a sério, não é?

Ele sorriu divertido.

— Está brincando? Seu pai é perigoso.

— Você deve estar brincando. Meu pai não é perigoso.

Algo no olhar de Maurício pareceu mudar sutilmente. Fiquei olhando-o e esperando a resposta ansiosa.

— Às vezes é, sim, Elizabeth.

— Ele é um bom homem. Como pode ser perigoso? — defendi, sentindo-me ofendida.

— Ele é influente, não frequenta a sociedade, mas é poderoso. Se quiser caçar alguém, ele pode.

— Ele nunca fez isso, fez?

Maurício tornou a sorrir, dando-me a sensação de que fugia da pergunta.

— Talvez, não. E eu não quero ser o primeiro.

Maurício irritava-me com as evasivas. Meu pai era lógico e justo; não era perigoso. Tinha dinheiro, influência política, mas não era perigoso. Repeti mentalmente, mas me senti insegura naquele momento.

— O que quer, então? — perguntei mal-humorada.

— Ter uma chance com você.

— Soube que tem muitas mulheres, inclusive casadas.

— Fofocas — ele comentou, como se não desse a mínima importância ao comentário.

— Eu não creio. Você faz o tipo galanteador, Maurício.

— Elizabeth, com os homens acontece algo diferente. Saímos com todas, como se o amor não pudesse nos atingir. Uma paixãozinha aqui, outra ali, mas logo passam. De repente, a bomba! O amor chega e nos torna pais de família sérios.

— Contos de fadas — observei em mau tom.

— Você está mal-humorada. Deve ser o resfriado. Vou embora. Restabeleça-se logo!

Ele saiu, e eu fiquei julgando impossível o fato de ele me amar. Maurício não dissera isso diretamente, mas me olhara de forma diferente enquanto falava.

Eu estava fungando, despenteada e de cama. Era impossível me amar naquelas condições. Maurício temia meu pai, e isso era bom. Ele pensaria duas vezes antes de se envolver comigo só por malandragem.

Três dias depois, eu estava de pé, recuperada. Recebemos um convite para uma recepção. Fiquei feliz e mostrei-o a meu pai.

— Sinto muito, filha. Nós não iremos. Sei que gosta de festas, mas essa não será agradável.

Augusto também se entristeceu, e eu perguntei decepcionada:

— Por quê, pai?

— Eles são amigos íntimos de sua tia-avó Margareth, e ela estará lá, ciscando, doida para humilhá-la. Eu não permitirei que isso aconteça.

— Se ela estará lá, é melhor não irmos. Margareth pode fazer um escândalo — comentou Augusto, certamente se lembrando de quando a encontrara.

— Tem razão, pai. Não quero vê-la nunca mais.

— Maurício tem vindo aqui? — perguntou ele mudando de assunto.

— Não. Só quando estive doente.

— Ótimo! Não me importo de ele ser seu amigo. Sei que precisamos de amigos.

— E se ele a amar? — perguntou Augusto, surpreendendo-nos com a pergunta. Tive a impressão de que ele sabia de algo.

— Vai ter de provar isso antes de se aproximar dela.

— Como, senhor Camargo? Como se prova que se ama? — insistiu Augusto.

Meu pai suspirou.

— Não sei, Augusto. O pior é que não sei.

Augusto e eu nos olhamos. Pobre pai! A solidão devia doer-lhe muito. Minha maior lástima era ele ainda amar minha mãe. Todas as vezes que o assunto vinha à tona, eu sentia que meu pai ficava triste e melancólico.

Dias depois, Maurício apareceu para dizer que me acompanharia à recepção, e eu informei-lhe o motivo de não ir.

— É uma pena! E o que vai fazer?

— Ficar em casa.

— Vamos jantar em algum lugar que goste, então — convidou-me de rompante.

— Não, Maurício. Vá à recepção. Você não tem problemas. Provavelmente, será uma linda festa linda. Não a perca.

— Eu quero ficar com você, Elizabeth. Consegue entender isso?

— Acho melhor, não.

— Por que não nos dá uma chance?

— Você é bajulado e requisitado por muitas mulheres.

— É ciúme, então.

— Como ciúme? Não quero me arriscar.

— Você julga que é incapaz de conquistar um homem, Elizabeth?

— Eu não sei.

— Vamos jantar. Se quiser, peço ao seu pai.

Eu ri suavemente.

— Você me disse que ele era perigoso, mas não o temia, não é?

Ele sorriu de volta.

— Ele não pode fazer nada só porque eu convidei a filha dele para jantar comigo.

— Tem razão.

— Esperarei por ele.

— Não precisa. Se eu quiser ir, eu o aviso e vou.

— É você quem não quer? Por quê?

— Tenho medo — confessei. — Se você me conquistar e descobrir depois que sou uma paixão rápida, o que farei?

— É preciso se arriscar, Elizabeth. E se eu descobrir que sinto amor e você uma paixão rápida, o que farei?

Eu sorri novamente. Ele tinha razão.

— Precisamos arriscar. Vou, sim.

E pensei: "Como saber o caminho correto?". Em meio a tantas decisões que tomamos todos os dias, algumas são infelizes e trazem consequências dolorosas, mas a dor faz parte da vida. Eu não sairia da vida impune. Roguei: "Valha-me, Deus!".

Capítulo 12

No sábado seguinte, no dia da recepção, Maurício foi me buscar para jantarmos juntos. Quando avisei ao meu pai, ele ficou irritado, mas não disse nada. Sorriu polidamente e foi educado com o rapaz, mas eu podia sentir o ciúme dele saindo por cada poro.

Fingindo desinteresse, meu pai perguntou o nome do restaurante para o qual iríamos e a que horas voltaríamos, e Maurício, polidamente, indicou nosso destino.

Fomos a um restaurante dançante muito em voga naquela época. Várias pessoas cumprimentavam Maurício, e ele me apresentava pelo nome, sem dizer que eu era uma amiga ou namorada.

Algumas mulheres olhavam-me com curiosidade, e outras, mais jovens, com inveja ou despeito. Eu sentia-me feliz ao lado dele.

Voltamos tarde da noite, e Maurício deixou-me à porta de casa, deu-me um beijo leve nos lábios e foi embora. Quando entrei em casa, meu pai esperava-me na sala. Ele desculpou-se, disse-me que estava sem sono e andava inquieto. Conversamos um pouco, e ele perguntou-me:

— Vai sair com ele outra vez?

— Amanhã. Ele me convidou para ir à praia.

Meu pai balançou a cabeça afirmativamente e não disse mais nada. Desejou-me boa-noite e foi para o quarto.

Maurício e eu ainda saímos assim durante vários meses, nessa configuração entre amigos e namorados. Ele só me beijava de leve nos lábios quando nos despedíamos. Os meses foram se passando, e eu precisava voltar para São Paulo. Naquele momento, além da tristeza de deixar meu pai e Augusto, sentia também por deixar Maurício. Ele acompanhou-me ao aeroporto. Quando nos despedimos, Maurício me disse carinhosamente:

— Na próxima vez, irei com você e ficarei uns dez dias em São Paulo. Gostaria de conhecer sua família. Você quer?

Percebi que queria muito, então, apenas meneei a cabeça concordando. Já havia contado a Maurício que minha família em São Paulo não era rica, era classe média, e eu queria ver como ele se comportaria, afinal, vinha de uma família um tanto extravagante.

Como sempre, eu estava com muitas saudades de minha família. Mal cheguei a São Paulo, mamãe reclamou a falta de Augusto, e eu contei-lhe que meu irmão pretendia voltar para as festas de fim de ano.

Meu padrasto estava com muitas saudades do filho, mas feliz por ele estar prosperando e por tudo o que meu pai estava fazendo por ele.

— É incrível como a sensação de felicidade está sempre dividida, nunca completa — disse ao meu padrasto.

Ele sorriu e acariciou-me na cabeça.

— Tem razão, Elizabeth. Para termos umas coisas, sempre abrimos mão de outras. Fico feliz por saber que meu filho tem um bom emprego, é bem tratado, viajou para a Europa e fala inglês. Ele nos mandou várias cartas e vários postais de lá, visivelmente feliz e realizado, mas saudoso, como nós estamos dele.

Contei à minha família sobre Maurício, mas comentei que ainda não era nada sério.

— Se você se casar com alguém do Rio, nos abandonará de vez — azedamente, prognosticou minha mãe.

— Está mais do que na hora de Elizabeth se casar — defendeu meu padrasto.

— É, está... — respondeu ela como desabafo, mas ainda com azedume.

Todos nós sabíamos que minha mãe não gostava daquele arranjo, em que eu passava dois meses no Rio e dois meses em São Paulo, mas o que eu poderia fazer? Meu pai fora vítima das circunstâncias, então, como poderia renegá-lo? Ainda bem que eu usara o bom senso e dera a nós dois a chance de nos conhecer, criar laços e fortalecê-los.

Se eu tivesse me negado a conhecê-lo, olhando para trás e visto como poderia ter sido, certamente teria me arrependido.

Arriscara e ainda bem que o fizera. Naquele momento, também estava apostando em Maurício. Viver é um risco, embora precise sempre ser bem avaliado.

Uma semana depois de chegar a São Paulo, eu já estava morrendo de saudades de Maurício, do sorriso, do beijo rápido, e me dei conta de que estava apaixonada por ele. Rezei para que Maurício também estivesse sentindo minha falta, como eu estava sentindo a dele.

Comecei a sentir-me como meu pai. Os meses pareciam anos, e todos os dias eu pensava em Maurício. Durante aquele período, recebi várias cartas dele, em que falava de saudade e da vontade de me ver. Eu não as respondi, pois não sabia o que dizer. Tinha medo de colocar para fora o que sentia e ser ridicularizada.

Dois meses se passaram, e eu voltei ao Rio. No aeroporto, meu pai e Maurício esperavam-me. Eu não sabia a quem deveria abraçar primeiro. Tive ímpetos de abraçar Maurício, mas joguei-me nos braços de meu pai. Pelo menos, eu sabia que ele era sincero na saudade.

Depois, abracei de leve Maurício, mas tinha, contudo, a vontade de ficar agarrada a ele. Senti a ansiedade dele no batimento cardíaco e no olhar, e tive certeza de que ele também sentira saudades minhas.

Fomos para casa e almoçamos juntos. Só Augusto não estava lá. Meu irmão chegou no fim da tarde, perguntou por todos de casa e disse estar pensando em levar nossa família para morar no Rio. Ele comentou entusiasmado:

— Irei a São Paulo no fim de ano e convencerei papai a vender a casa. Aqui, certamente, ele arranjará um emprego. Até lá, eu os sustentarei, pois ganho bem. Elizabeth, já estou abusando da hospitalidade de seu pai.

— Nós adoramos tê-lo aqui, Augusto.

— Eu me sinto bem aqui, mas tenho saudades de todos. Não posso ficar indo e vindo como você. Já pensou se eles pudessem morar aqui? Que felicidade seria para nós e para eles?

Eu não comentei com meu irmão que meu padrasto e eu temíamos justamente essa proximidade entre meu pai e minha mãe.

— Não creio que nosso pai gostará dessa ideia — referi-me ao meu padrasto como pai.

Até conversando com Maurício, eu o confundia, pois chamava os dois de pai. Eles eram meus pais, e eu os amava assim.

Tentei dissuadir Augusto desse plano, sem contar-lhe o motivo real de não considerar aquela uma boa ideia. Ele parecia muito feliz com aquela sugestão, pois nunca vira meu pai biológico e minha mãe frente a frente e não tinha como avaliar o risco.

Era rezar que meu padrasto não aceitasse aquela proposta, o que de fato aconteceu.

Depois das festas de fim de ano, Augusto voltou para o Rio muito triste. Ele até já vira uma casa para comprar, mas meu padrasto foi resoluto na negativa.

Quando soube da ideia de Augusto, até meu pai o apoiou, mas senti que ele ficara temeroso.

Maurício e eu saíamos regularmente, e, aos poucos, meu pai foi se acostumando à ideia. Não sentia mais ciúmes e não esperava mais acordado até que eu chegasse.

Ficamos noivos em um jantar íntimo de família — só a dele e a minha no Rio — na casa de meu pai. Maurício passou a levar-me regularmente à casa dele, e eu comecei a conhecer melhor a mãe, o pai e as irmãs do meu noivo.

Observei que o pai de Maurício era muito materialista, que tudo ele avaliava em dinheiro, e que a esposa e as filhas eram consumistas.

Eu discordava deles, mas não criava polêmica, não contestava. Apenas refletia: "Amizade, fidelidade e amor não podem ser comprados. Quando uma pessoa é rica, tem muitos relacionamentos, contudo, como dizia meu pai sabiamente: 'Não são amigos, são interesseiros que estão de olho no que você tem. São mariposas em busca de luz, mas, se puderem, fazem sombra'".

Obviamente, eu não prego a pobreza como qualidade nobre, afinal, quem não pode sustentar a si mesmo é um peso na vida dos outros. Pessoa com fome e frio não produz, não pode ser feliz. Entendia a caridade, mas cada um precisa fazer por si, como disse Jesus: "Faz por ti que eu te ajudarei".

Quando dava um presente, meu futuro sogro não parecia agir de coração, pois a primeira coisa que fazia, antes mesmo de o presentado abrir o embrulho, era dizer o quanto tinha pagado no objeto. E eu sentia, nas entrelinhas, as palavras que ele não dizia abertamente: "É caro, porque eu posso pagar".

Engraçado que isso não deveria me importar, pois não me prejudicava em nada, contudo, eu sentia certa preocupação, certo pesar. Maurício parecia seguir a mesma cartilha, porém, de uma forma mais discreta. Seria apenas por influência do pai dele?

E se meu pai não fosse rico, meu futuro sogro permitiria o casamento de bom grado? Duvido. Certamente, também, eu não teria conhecido Maurício. Sem meu pai, viveríamos em mundos completamente diferentes.

Lembrei-me de meu pai e de outros tantos que possuíam uma casa enorme como aquela, o que os fazia sentirem ainda mais solidão e a falsidade mal disfarçada em muitos que o cercavam.

A família de Maurício não me parecia constituída de más pessoas. Apenas eram esnobes demais. Temi e questionei-me: "Será que um dia eu me tornaria igual àquela família? Pensei: "Não. Vou vigiar-me. Pessoa mais digna que meu padrasto eu não conhecera ainda. Ele não era rico, mas muito útil para a sociedade e uma bênção para quem dividia a vida com ele".

Certo dia, enquanto o pai de meu noivo falava durante um jantar sobre um negócio que estava fechando, senti nele um certo desprezo pelas pessoas que não eram daquele meio, que não tinham tanto tino para ganhar dinheiro e que viviam de forma menos opulenta. Olhando em volta, enquanto ele falava, cheguei mesmo a questionar mentalmente: "Será que você entregaria sua alma ao Diabo para ter tudo isso? Será que já deu? Valeria a pena?".

Capítulo 13

Antes de ficarmos noivos, escrevi aos meus pais e fiquei triste, pois sabia que meu padrasto esperava que o pedido fosse feito a ele. Comentei com Maurício sobre minha tristeza, e ele sorriu dizendo:

— Se já é difícil pedir sua mão a um pai, imagine ter de pedir a dois?

— Você faria isso por mim?

Ele suspirou.

— Faria. Como é seu padrasto? Tão durão quanto seu pai?

— Com papai foi fácil. Ele se acostumou com você. Meu padrasto não teve essa chance.

— Quanto você for novamente a São Paulo, eu a acompanharei. Nós já tínhamos combinado isso, lembra-se? Vou me organizar.

Balancei a cabeça concordando.

Quando parti para São Paulo, ele me acompanhou. Papai estava feliz, afinal, casar-me com alguém do Rio significava que eu ficaria perto dele, e ele sonhava com isso. Em contrapartida, meus pais estavam tristes pelo mesmo motivo.

— Está triste? — perguntou Maurício ao notar que eu estava pensativa durante a viagem.

— Estou dividida. Papai está feliz por eu me casar com alguém do Rio... e meus pais estão tristes pelo mesmo motivo.

— Pobre Elizabeth! Está dividida entre dois amores e ainda se decidiu por um terceiro, não foi?

— É — respondi sem querer brincar.

Maurício preferiu ficar no hotel, e eu fui para casa. Era uma sexta-feira, e mamãe estava com todo mau humor possível por causa do meu noivado. Colocando toda a sua frustração para fora, ela reclamou:

— Tenho certeza de que tem dedo daquele homem aí.

— Mamãe, Maurício veio comigo, vocês sabem. Ele quer conhecê-los e entende que vocês são também minha família — disse, ignorando a acusação que ela fazia ao meu pai biológico.

— É um grã-fino e nos olhará de cima. Nos desprezará.

— Não. Tenho certeza de que ele não fará isso.

— Você não conhece o homem com quem vai se casar? Já se acostumou aos esnobes?

— Mãe, pare com essa antipatia! Nos dê uma chance, por favor. Você nem o viu ainda.

De má vontade, ela parou de reclamar. No sábado à noite, Maurício iria conhecê-los. Estava em um hotel não muito longe de nossa casa, e eu temi o encontro do meu noivo com mamãe. Talvez, ela descarregasse nele toda a raiva e frustração que sentia, só porque Maurício também era rico.

Maurício, então, chegou à nossa casa, trazendo consigo flores para minha mãe e vinho para meu padrasto. Foi um encontro natural, e ele não pareceu notar que nossa casa era modesta. Pensei: "Ele tem classe e sabe conquistar qualquer pessoa naturalmente, independente do nível social".

Ele pediu ao meu padrasto autorização para casar-se comigo, e eu fiquei feliz por Maurício ter atendido ao meu pedido. Meu padrasto não se sentiria deixado de lado, contudo, mamãe estragou tudo, dizendo irada e com certo desprezo:

— Por que nos pede autorização? Vocês não estão noivos? O pai dela já não permitiu?

Senti cair sobre nós o peso do silêncio desagradável, que durou apenas poucos segundos, pois Maurício recuperou-se do choque e sorriu dizendo:

— Eu gozo do privilégio de ter uma noiva com dois pais, desfruto de dois jantares e tenho duas famílias para me acolherem e acolherem nossos futuros filhos.

Mamãe ficou sem graça, pois ela queria ter sido desagradável — e foi — e, aposto, ter quebrado a harmonia, mas Maurício dera a volta por cima. Meu padrasto mal continha a vontade de rir descaradamente. Mamãe ficou sem resposta e calou-se, e meu padrasto disse:

— Vocês sempre terão toda a acolhida de que precisarem. Não somos ricos, mas nunca faltaram amor e carinho nesta família.

— Eu agradeço, senhor, e gostaria de ser convidado para vir aqui sempre. Convido-os para almoçarem comigo amanhã. Peço-lhes que escolham o restaurante, pois não moro aqui para convidá-los até minha casa, mas, se forem ao Rio, serão sempre meus convidados de honra.

Mamãe olhava-o indiscretamente, e eu tinha certeza de que buscava um motivo para não gostar de Maurício. Naquele momento, ela estava irada por não encontrar. Combinamos que toda a minha família e meu noivo almoçaríamos juntos no dia seguinte. Nós o encontraríamos no hotel e de lá resolveríamos para onde iríamos. Maurício se foi depois das dez horas da noite.

Meu padrasto gostou de Maurício, mas mamãe ficou calada, abstendo-se de fazer qualquer comentário sobre meu noivado. Dava para sentir a ira dela no olhar. Fui para a cama pensando no quanto minha mãe se tornara uma mulher frustrada devido àquele descaminho causado pela minha avó paterna.

Eu procurava entender, afinal, aquela intromissão mudara todo o nosso destino. Eu, contudo, também pensava que ela deveria ser grata, pois duvidava que meu pai conseguisse ser um marido melhor que meu padrasto.

No dia seguinte, minha mãe alegou não estar bem-disposta e não quis almoçar conosco. Fomos eu, meu padrasto e meu irmão mais novo ao restaurante escolhido, onde passamos a tarde conversando amigavelmente. Sem ser esnobe, Maurício contou tudo sobre a família dele e sobre o que fazia e, na volta, nos levou até em casa de táxi.

Chegamos em casa, e mamãe estava trancada no quarto. Meu padrasto foi vê-la. Eu e ele sabíamos que ela simplesmente não quisera ir, mas não comentamos o assunto entre nós.

Durante os dias em que Maurício ficou em São Paulo, levei-o para conhecer a cidade. Ele já estivera na cidade a trabalho, mas pouco a conhecia. Devido a negócios no Rio, não ficou muitos dias conosco.

Maurício achou São Paulo cativante. Dizia não ser tão bonita quanto o Rio, mas admitia que havia muitos lugares para se ir e conhecer.

Quase todos os dias, nós almoçávamos juntos. Durante sua estadia na cidade, Maurício jantara conosco várias vezes e almoçara em nossa casa no fim de semana. Mamãe não melhorava a relação com ele, e meu padrasto sentia-se desconfortável com a situação, o que o fazia tentar amenizar a falta de educação da esposa.

Maurício voltou para o Rio, e eu fiquei em São Paulo. Talvez, aquela fosse uma das últimas vezes em que eu faria aquela viagem para passar temporadas entre um lar e outro, e meu padrasto e eu falamos sobre o assunto:

— Um dia, eu me casaria. Vocês sabiam disso, não, pai?

— Lógico, minha querida. Não se sinta triste. Os filhos têm de voar para fora do ninho. Veja, Augusto não tem outro pai, no entanto, se estabeleceu no Rio. O que posso fazer a respeito disso? Sentir saudades e torcer para que ele seja feliz.

— Mas ele só está lá por causa do Camargo, que, de repente, se intrometeu em minha vida, a virou de cabeça para baixo e tirou meus filhos de mim — reclamou mamãe entrando na sala.

— Mãe, isso não é verdade. Augusto teve uma grande oportunidade. Se tivesse ficado aqui, talvez estivesse trabalhando em uma fábrica qualquer. Lá, papai está treinando-o para ser administrador, admira meu irmão e crê que ele seja muito competente. Augusto já aprendeu inglês, prosperou e vai prosperar ainda mais.

— Augusto me disse isso. Sinto que ele está feliz, e é isso o que importa. Talvez lá, com a influência ou não do senhor

Camargo, estivesse o destino dele — concordou meu padrasto tentando apoiar-me.

Minha mãe olhou-nos de má vontade e atravessou a sala.

— Ela está sempre assim, pai? — perguntei, sentindo-me muito triste.

— Não. Ficou assim depois que soube que você se casará e viverá no Rio. Ela acredita que isso seja arranjo de seu pai.

— Espero que não. Eu morreria de tristeza se isso fosse verdade — respondi muito preocupada.

— Não se preocupe, filha. Isso vai passar. Deve estar com ciúme de você — percebi que ele queria amenizar a situação.

Houve dias em que mamãe não reclamou tanto depois de saber que meu pai biológico estava vivo, contudo, após aquele encontro no tribunal, ela, sem dúvida, não era a mesma. Perdera a tranquilidade e tornara-se hostil com todos.

Dois meses se passaram, e eu estava morta de saudade de meu pai e de Maurício. Viajei de volta para começar os preparativos para meu casamento. Meu noivo e eu escrevíamo-nos regularmente.

Maurício e eu ficávamos juntos quase todos os fins de semana. Durante o dia, íamos à praia, e, à noite, saíamos para jantar e fazer nossos planos para o casamento, cuja data definitiva ainda não fora marcada.

Em uma das vezes em que estávamos jantando a sós em um restaurante com música ao vivo, duas moças vieram até nossa mesa cumprimentá-lo, e eu pude sentir o desconforto de Maurício enquanto elas se aproximavam.

Ele levantou-se, sorriu para as moças e cumprimentou-as beijando-lhes a mão, como era o costume na época. Maurício não as apresentou de imediato para mim, e elas comentaram que meu noivo estava sumido, que não o viam mais nas festas, e ele, por fim, alegou estar muito ocupado.

Uma delas me encarou indiscretamente e inquiriu:

— Não vai nos apresentar sua "amiguinha"?

Ela usou o termo pejorativamente, e a outra sorriu apoiando. Maurício postou-se ao meu lado e estendeu-me a mão. Levantei-me, e ele apresentou-me às moças:

— Esta é Elizabeth, minha noiva. Nós casaremos em breve.

Eu vi uma das moças empalidecer e olhar irada para nossas mãos entrelaçadas. A outra sorriu de forma debochada, como se ele tivesse contado uma piada.

— Então, é verdade! Você tornará uma bastarda parte de sua família. Duvido que realmente tenha esta coragem.

Senti que Maurício teve vontade de esbofeteá-la, mas ele respondeu contido:

— Ela não é menos digna que você, mas é a ela que eu amo, e ninguém tem nada a ver com isso.

A moça tornou a medir-me e continuou a falar em tom de deboche.

— É fácil amar uma milionária. Deve ter muitos homens aos seus pés agora, não? — perguntou-me com desprezo na voz.

Eu não sabia o que fazer com tamanha agressividade. Queria chorar e sair de lá correndo, pois a moça, que não falava baixo, já começava a chamar a atenção das mesas vizinhas.

— Ela sempre teve, mesmo quando não era milionária — respondeu ele. Depois, Maurício virou-se ao *maître* e pediu:

— Ponha na minha conta. Amanhã, mandarei alguém vir aqui para pagar. O ambiente de despeito me enoja — Maurício disse olhando para as duas jovens desafiadoramente.

Ele passou o braço pelos meus ombros, e nós saímos, enquanto eu tentava controlar minhas lágrimas.

— Que maldade! — observou ele com indignação.

— Quem são elas?

— Uma foi minha noiva há uns cinco anos, mas depois descobri que ela tinha muito mais defeitos que qualidades e voltei atrás. A outra é a prima dela.

— Senti que você não queria me apresentar a elas.

— Não queria mesmo. Pensa que elas não sabem quem você é? É lógico que sabem e queriam feri-la. Elas são bem assim, malditas! Estragaram nossa noite e a magoaram. Queria esbofeteá-las, e o fiz abraçando-a na frente de todos.

Eu podia sentir a raiva e a indignação de Maurício, que, inconformado, me pediu desculpas novamente, como se fosse o culpado. Mais uma vez, suplicou que eu esquecesse as palavras ditas pelas duas moças.

Pensei em meu pai. Se alguém se atrevesse a falar aquilo na frente dele, o que ele faria? Como se estivesse lendo meus pensamentos, Maurício observou:

— Eu deveria ter feito o que seu pai certamente faria! Deveria ter as colocado para fora, as escorraçado.

— E o *maître*, por que obedeceria? — perguntei intrigada.

Eu sabia que aquele restaurante era frequentado pela mais alta sociedade do Rio, portanto, elas não eram exceção.

Ele sorriu ligeiramente

— Você não conhece o poder de seu pai, não é?

— Tem medo dele?

— De jeito nenhum! Nem quando ele colocou gente para me seguir.

— O quê?! — perguntei surpresa.

— Acalme-se. Ele tinha suas razões. Eu era conhecido por ter muitas mulheres. Se fosse minha filha, eu teria feito o mesmo.

— Ele não tem esse direito — afirmei um tanto irada, sem levar em conta que meu *status* mudara. Ali eu não tinha apenas amigos e corria muitos perigos. Muito dinheiro ou a falta dele revelam o pior em cada um.

— Tem, sim. E eu o compreendo! Agora, ele sabe que eu a amo, e você tem certeza disso, não tem?

Balancei a cabeça afirmativamente, e ele beijou-me ardentemente.

Quando chegamos à minha casa, Maurício deixou-me à porta. Não eram nem nove horas ainda, e eu costumava chegar por volta da meia-noite. Augusto lia o jornal sentado no sofá da sala e, por me conhecer muito bem, percebeu meu estado alterado, estranhou e perguntou:

— O que foi, Elizabeth? Vocês brigaram?

— Não! Depois eu lhe conto.

Fui ao meu quarto e dei vazão ao choro. Sentia tristeza pela ofensa, pela insegurança, pelo casamento próximo, por minha mãe, que estava tão infeliz, por meu padrasto, que estava se sentindo menos amado por minha mãe, e por ver o pior nas pessoas. Meu pai entrou no meu quarto sem bater, acariciou meus cabelos delicadamente e perguntou:

— O que foi, filha? Brigou com o noivo? Isso é comum. Amanhã, vocês fazem as pazes. Vamos! Não chore assim.

O carinho de meu pai e seus afagos me deram ainda mais vontade de chorar, e ele exasperou-se.

— Vou matar aquele desgraçado, se ele lhe fizer sofrer!

— Pai, não foi ele.

— O que foi, minha princesa? Conte-me.

Entre lágrimas, narrei o acontecido no restaurante, e meu pai mudou de cor, colocou-se de pé no mesmo instante e esbravejou:

— Que gente malvada, meu Deus! Têm sempre de se meter na vida alheia! Ainda mais sem saber o que ocorre!

— Já passou, pai. Foi só na hora. Chorei, desabafei. Passou. Estou bem mais calma. Não sei lidar com essas situações ainda.

Ele sorriu carinhosamente.

— Está bem? Quer algo?

— Não, obrigada.

— Durma. Esqueça essa gente. O dinheiro não compra educação, boas qualidades e caráter. O dinheiro testa as qualidades reais de uma pessoa.

Meu pai tornou a aproximar-se, beijou-me na testa, e eu fiquei insegura por ter lhe contado o que aconteceu. "Devia ou não tê-lo feito?", perguntei-me. Realmente, a opinião delas não fazia diferença na minha vida, pois eram totalmente estranhas. Mesmo assim, eu ficara muito magoada, por quê? Será que percebera como as pessoas podiam ser maldosas? O que ganhavam com isso?

Capítulo 14

No dia seguinte, eu estava bem melhor. A raiva e a mágoa haviam passado, e chorar me fizera bem. Recebi uma carta logo de manhã de uma mulher chamada Carla e estranhei. Ela queria marcar um encontro comigo. Dizia que precisava tratar de um assunto urgente e importante.

Sem me preocupar muito, decidi ir. Ela pedia que nos encontrássemos na tarde do dia seguinte em um café perto de minha casa. Não falei sobre o assunto com ninguém.

Só não comentei o assunto com ninguém, porque, quando recebi a correspondência, meu pai e Augusto já haviam saído para trabalhar.

No dia seguinte, após o almoço, saí de casa com vontade de andar ao ar livre. Tranquila e despreocupada, fui ao encontro a pé. Não tinha ideia do que viria e até aonde poderia chegar a maldade humana. Sabia que não conhecia a mulher com que iria me encontrar, mas acreditava que ela me conhecesse.

Cheguei e sentei-me. Pedi um café e aguardei. Poucos minutos depois, uma jovem exuberante aproximou-se e perguntou:

— É a senhorita Elizabeth?

— Sou sim.

— Muito prazer, sou Carla.

— Sente-se, Carla. Em que posso ajudá-la? Não me lembro de tê-la conhecido.

— Realmente, você não me conhece, mas já ouvi falar muito de você.

Fiquei olhando-a, sem saber o que esperar. Ela sentou-se e também pediu um café. A moça manteve-se calada por alguns minutos. Parecia estar insegura ou com medo. Encorajei-a dizendo:

— Muito bem, estou aqui. O que quer de mim, já que não nos conhecemos?

— É sobre seu noivo.

— Maurício?

— Exatamente.

— O que tem ele?

— Ele já é casado.

— Como casado? Estamos de casamento marcado. Os papéis estão em ordem.

— Ele é casado fora do país. Há três anos, casou-se em algum país da região do Caribe.

— E onde está a esposa dele?

— Eu sou a esposa dele.

Gelei. Não queria acreditar no que acabara de ouvir.

— Ele vive com os pais. Meu pai mandou investigá-lo e conhece a família de Maurício há anos.

— É, eu sei. Quase ninguém sabe do nosso casamento, foi um segredo. Viajamos juntos e nos casamos. Ficamos vários meses lá. Quando voltamos ao Brasil, ele disse que assumiria publicamente nosso casamento, me pediu um tempo e não o fez.

— E você não fez nada?

— Tenho tentado. Não frequentamos as mesmas rodas, mas temos amigos em comum.

Comecei a sentir uma dor profunda. Não queria chorar na frente dela, mas meu desespero aumentava.

— Carla, não é? — confirmei o nome dela.

— Sim, este é meu nome.

— Carla, deixe-me entender... você se casou com Maurício no Caribe, ele prometeu assumi-la, mas não o fez. Ninguém sabe que vocês são casados. Nem os pais dele sabem. Seu casamento vale no Brasil?

— Não! Não vale.

— E o quer que eu faça?

— Se ele fez isso comigo, também o fará com você. Maurício também jurou me amar para sempre. Sei que não tenho todo o seu dinheiro, meus pais são pobres...

— Por que não o processou?

— Não quero um escândalo, mas se for preciso, o farei.

— Nos últimos seis meses de nosso noivado, Maurício tem passado os sábados e os domingos quase inteiramente comigo, tem jantado três vezes na semana comigo... diga-me: quando ele fica com você?

— Antes, ficava muito tempo. Agora, só de vez em quando.

— Não seria melhor você anular esse casamento?

— De jeito nenhum. Eu o quero.

— Ele não a ama.

— Ele também não a ama.

— Como pode saber?

— Além de ele ter me falado, eu o conheço, Elizabeth. Tenho certeza de que você não faz o tipo dele. Maurício adora aventuras e mulheres virgens e inocentes.

— Não sou inocente, e ele sabe que meu pai o matará se me fizer algum mal.

Ela riu.

— Seu pai não o matará, ele sabe disso.

— E o que você quer de mim?

— Já disse. Quero que o deixe. Você é rica e até é bonitinha. Não lhe faltarão pretendentes.

Ela frisou a palavra *rica* como se fosse minha única qualidade e disse *bonitinha* com desprezo, como prêmio de consolação. Eu queria sair dali correndo. Estava confusa e não conseguia acreditar que aquilo pudesse ser verdade. Maurício era tão gentil e dizia que me amava, e eu também o amava.

Mesmo me sentindo insegura, um alerta de armadilha soou em minha mente.

— Vou conversar com ele — respondi sem perder a compostura.

— Ele negará.

— Você tem cópias dos papéis desse casamento?

— Tenho. Não as trouxe, mas posso fazer as cópias e lhe entregar.

— Sim, eu as quero — afirmei, levantando-me. Paguei a conta e saí.

Meu coração batia acelerado e parecia querer sair do peito. A conversa não durara mais de vinte minutos, contudo, se fosse verdade, destruiria minha vida. Cheguei em casa desesperada, querendo ver meu pai, querendo ver Maurício. Onde estariam? Havíamos combinado que ele jantaria em minha casa naquele dia, então, só me restava aguardá-lo chegar.

A tarde não passava. Chorei ante a possibilidade de aquela história ser verdadeira e fiquei trancada em meu quarto. Pedi a Ana que, assim que meu pai chegasse, fosse me ver.

Havia momentos em que eu acreditava na história que ouvira, havia momentos que não acreditava. Não sabia o que fazer e questionava-me o que faria se fosse verdade. Tinha certeza de que meu pai me ajudaria, afinal, ele sempre sabia o que fazer.

Meu pai chegou e bateu na porta. Sem esperar que eu a abrisse, entrou no meu quarto.

— Ainda chorando, filha? Pareceu-me bem melhor de manhã — observou com certa tristeza.

Eu tentava me controlar, mas as lágrimas voltaram a escorrer pelo meu rosto.

— Pai, me disseram que Maurício é casado.

Ele riu afirmando:

— Tenho certeza de que não é, pois eu o investiguei. Ele era mulherengo e tinha muitas aventuras, mas acabou. Tem andado na linha.

Eu, então, comecei a relatar toda a conversa que tivera com a tal Carla. Ele sentou-se na cama ao meu lado e abraçou-me.

— Não chore. Deve ser alguma maluca, mas vou investigar. Onde ela mora?

— Não sei, não perguntei.

— Onde está a carta que você recebeu?

— Aqui. — Peguei a carta que deixara ao lado da cama e entreguei a ele.

— Só o primeiro nome está assinado aqui. Maurício virá hoje, não é?

Balancei a cabeça afirmando.

— Ótimo! Tome um banho para se acalmar e desça. Conversaremos no meu gabinete.

Percebi que meu pai estava alterado, mas controlava-se para parecer calmo. Tomei um banho demorado e desci. Pouco depois, Maurício chegou e, sorridente, beijou-me na testa. Meu pai tinha no rosto uma expressão grave e nos disse:

— Venham cá. Precisamos conversar.

Entramos no gabinete, e meu pai fechou a porta. Foi direto ao assunto, intimidando:

— Maurício, quem é Carla?

Eu vi o rosto de Maurício empalidecer, enquanto lágrimas silenciosas rolavam de meus olhos. Dei-lhes as costas e, apesar de meus olhos já inchados e vermelhos, não queria que me vissem chorar.

— Foi uma moça que conheci.

— Hoje, ela encontrou-se com Elizabeth e alegou que é casada com você.

— Casada? Não! Nunca!

— Essa moça afirmou que você se casou com ela no Caribe.

— Há uns seis anos, eu e ela passamos férias deliciosas lá. Foram algumas semanas e só. Não me casei com essa moça lá ou em lugar algum. Mesmo que quisesse, não podia, afinal, tínhamos apenas visto de turista. Pode averiguar. E, além do mais, pouco nos encontramos depois.

— Por que ela se encontrou com Elizabeth só para dizer que era casada com você?

Ele virou-se para mim suplicando:

— Elizabeth, não acredite nisso. Não sei por que ela está dizendo isso. Há mais de um ano não a vejo. Desde que comecei a me relacionar com você, só tenho vivido para você, Elizabeth.

Eu continuava de costas, sem saber em quem acreditar. Perdera minha tranquilidade, e a desconfiança fazia ninho em mim.

— Senhor Camargo, amanhã lhe entregarei meu passaporte. Preciso que o senhor verifique isso. Não quero que nada manche minha felicidade.

— Sim, me entregue seu passaporte. Se você for casado aqui ou no inferno, sairá escorraçado desta casa e nunca mais verá Elizabeth.

— Estou tranquilo — afirmou Maurício.

Ele aproximou-se de mim, abraçou-me, e eu comecei a soluçar. Ao mesmo tempo, queria e não queria aquele abraço.

— Não chore, querida. Verá que essa história não é verdadeira. Não sei por que ela fez isso. Já estive noivo depois desse episódio, e ela não fez nada. Foi só uma aventura. Eu amo você, Elizabeth.

Eu soluçava e desesperava-me. Nunca mais confiaria nele; perdera de vez minha tranquilidade. Maurício ficou para o jantar, e foi horrível. Eu não conseguia relaxar. Percebendo o clima, ele foi embora triste logo após a refeição.

Fui para meu quarto, e Augusto foi até lá tentar me tranquilizar. Depois, foi a vez de meu pai entrar no quarto.

— Filha, vou mandar investigar. Dentro de quinze dias, terei uma resposta. E é verdade a história de que Maurício já foi noivo. Não deixe que a desconfiança germine em sua alma. Ele é inocente até que se prove o contrário. Não vi nada que o desabonasse. O rapaz teve aventuras, foi noivo, mas é um homem de trinta anos. Obviamente, teve passado.

Agarrei-me a essa esperança para sofrer menos, porém, três dias depois, saíram notas em jornais afirmando que meu noivo já era casado. Eram jornais classificados como de segunda categoria, que não costumávamos ler.

Meu pai e Augusto ficaram sabendo da notícia por meio de alguém do escritório, que havia lhes mostrado os recortes. Os dois chegaram em casa no meio da tarde, cuspindo fogo. Maurício também foi até lá, e os três ficaram horas trancados no gabinete.

No dia seguinte, saiu outra nota nesses mesmos jornais classificando-me de bastarda e afirmando que meu pai sustentava minha mãe no luxo em São Paulo, embora ela vivesse com outro ou outros homens, como insinuavam diretamente.

Meu pai e Augusto chegaram em casa transtornados.

— Elizabeth, tenho certeza de que Maurício é inocente. Veja. Leia. Olhe quanta mentira a meu respeito e a respeito de sua mãe. Descobrirei quem é o desgraçado que está inventando essas mentiras e o matarei — dizia meu pai enfurecido.

Augusto estava pálido de raiva. Nas notas nos jornais, referiam-se ao meu padrasto como um homem sustentado pela mulher, nossa mãe, e diziam que ela era sustentada por meu pai. Alegavam que, quando meu pai ia a São Paulo, eles se relacionavam intimamente. Davam à nossa mãe um tom de mulher vulgar, aproveitadora e interesseira.

Se antes eu estava chocada, naquele momento eu nem sabia como classificar meu estado.

— Pobre papai! Se ele souber disso... Nada é verdade. Quem estará fazendo essa campanha de difamação contra nós? Essas pessoas nem sequer conhecem meu pai, e duvido que conheçam nossa mãe — dizia Augusto inconformado e também chocado.

— Talvez a moça que conversou com a Elizabeth, a Carla — sugeri.

— Não! Ela não tem interesse em minha vida particular, acesso aos seus parentes em São Paulo nem dinheiro para isso — afirmou meu pai com razão.

De repente, meu pai sentou-se e ficou quieto, como se estivesse ausente. Augusto e eu também nos calamos. Ficamos quietos por uns dez minutos, e depois meu pai disse:

— É isso! Essas pessoas querem nos desestabilizar, mas não conseguirão. Augusto, venha cá. Vamos fazer uma lista das pessoas que tenham interesse em nos caluniar e estragar a felicidade de Elizabeth.

Eles levantaram-se para ir ao gabinete, e eu quis ir junto.

— Você não, Elizabeth. Coloque a melhor roupa que tiver e joias e vá jantar no restaurante mais frequentado do Rio com Maurício.

— Pai! Como posso fazer isso? Todos vão olhar para nós, cochichar.

— Eu sei, e vocês serão o casal mais apaixonado do planeta. Não tenha vergonha, filha, pois nada disso é verdade.

— Não posso fazer isso, pai. Não sei lidar com tanta calúnia.

— Fará. Não deixe que essas pessoas fiquem satisfeitas. Elas não vão nos atingir, pois é isso o que querem. Quando envolve anonimato, as pessoas mostram seu pior lado. Estão tentando nos manipular e nos tirar do centro. E pioram quando o dinheiro também está envolvido. Vá, Elizabeth!

Fiz o que meu pai pediu, mas, intimamente, não queria sair, pois tinha medo dos olhares e de perguntas indiscretas. "E se eu encontrar com algum jornalista?", questionei-me.

Pensei em meu padrasto. Era um escândalo forjado, mas local, alimentado por jornais de credibilidade duvidosa, que se prestavam àquilo e, pior, que tinham repercussão. Roguei para que não chegasse ao conhecimento de meu padrasto ou de minha mãe o que estava acontecendo.

Maurício chegou e me viu arrumada para sair. Ele perguntou admirado:

— Vamos sair?

— Precisamos, meu pai disse que...

Neste momento, meu pai abriu a porta do gabinete e chamou Maurício, que entrou no escritório e permaneceu lá por mais ou menos meia hora. Meu coração batia acelerado, e eu buscava na mente um inimigo, alguém que nos odiasse a ponto de nos agredir, contudo, não conseguia encontrar.

Maurício saiu do gabinete comentando:

— É incrível como seu pai consegue manter a mente racional mesmo com tantas calúnias. Eu li o que falaram de vocês. Seu pai tem toda razão. Vamos. Ensaie um lindo sorriso. Não nascemos para sermos vítimas.

— Estou com medo do que possam fazer e não sei usar máscaras — argumentei apavorada.

— Não deixe que a manipulem, Elizabeth. Controle o medo, aprenda. E outra... não precisaremos fingir que estamos apaixonados, precisamos?

— Não! — afirmei sorrindo, querendo contaminar-me um pouco com a determinação de Maurício.

Fomos a um restaurante bem frequentado. Era sexta-feira, e o local estava cheio. Eu tremia de tensão, e Maurício abraçava-me.

— Está com frio?

— Não! Tenho medo. Quero sair correndo daqui.

— Não fique temerosa. Você tem três guarda-costas fiéis, e meu pai também está disposto a resolver esse problema. Ele foi falar com seu pai hoje à tarde. O senhor Camargo disse que não precisaria da ajuda de meu pai, mas ele manteve-se disponível. Elizabeth, alguém quer que não nos casemos e deve ter muita raiva de mim.

— Ou de mim — falei sentindo-me injustiçada, pois acreditava nunca ter prejudicado alguém na vida.

— Por que você? Não a conhecem, e você é maravilhosa — ele beijou-me de leve enquanto nos dirigíamos à mesa.

Senti os olhares de indignação se voltarem para nós e perguntei-me por que as pessoas preferiam, mesmo sem provas e sem sequer ouvir o outro lado, acreditarem no pior.

— Vamos incomodar essa gente que adora uma discórdia e intriga em família. Farei exatamente o que seu pai sugeriu. Ele é ótimo! Verão que não nos atingem e se cansarão. Depois, casaremos tranquilos.

— É. Mas a sorte não está do nosso lado — sussurrei.

— Como assim?

— Discretamente, olhe para trás.

Maurício olhou para trás, e a ex-noiva dele, aquela que me destratara, estava sentada a umas três mesas atrás de nós e, obviamente, nos vira.

— Será que foi ela? Não! Não deve ter sido — observou ele intrigado.

— Ela ainda o ama?

— Não sei. Em uma semana, ela não descobriria tudo sobre sua família. Foi alguém mais inteligente, que provavelmente vem investigando nossa vida há meses. Do contrário, não teria descoberto Carla. Tenho certeza de que ela foi paga para fazer o que fez.

— Você crê que aquela jovem tão bonita fez aquilo por dinheiro? Maurício, ela afirmou que o amava.

— Talvez, mas não acredito. Tivemos uma relação boa e passageira, mas acabou, Elizabeth. Já lhe disse que há mais de um ano não a vejo nem ouço falar dela.

Pedimos o jantar, mas eu não estava bem. Não conseguia relaxar, sentia-me muito tensa e insegura e percebia que as pessoas nos olhavam, cochichavam coisas a nosso respeito e davam risadinhas debochadas e nada discretas.

Durante o jantar, dançamos várias vezes, e Maurício agarrava-me mais do que era convencional. Observei isso, e ele sorriu, parecendo-me mais seguro.

— Tenho ordens do seu pai. Ele me disse para ser o máximo carinhoso possível com você e não precisou insistir!

Eu ri, pois o que fazíamos geraria um novo tipo de escândalo. Dançar agarrado em local público era chocante para a época, contudo, era uma delícia estar nos braços dele.

Voltamos tarde para casa. Eram quase três horas da manhã, e ele me deixou na porta. Passando pelo corredor, vi, por baixo da porta, a luz do gabinete acesa e bati.

— Entre — respondeu meu pai.

— Ainda está acordado, pai?

Ele aproximou-se e beijou-me na testa como sempre fazia.

— Se divertiram?

— Eu estava nervosíssima, mas ninguém foi falar conosco ou nos perguntar algo.

— Que bom! Elizabeth, você está entendendo o que estão querendo fazer?

— Não muito bem.

— Está cansada?

— Não muito.

— Sente-se.

Sentei-me, e ele começou a explicar-me:

— Eu e Augusto conversamos muito e chegamos à conclusão de que é alguém que quer que você volte definitivamente para São Paulo e por isso inventou um casamento para Maurício, o que não é verdade. Quando viu que você não foi embora, essa pessoa tentou cobri-la de vergonha, expondo-a no jornal e agredindo-a novamente, não foi? Então, envolveram a mim e à sua família.

— Quem pode ser, pai?

— Eu desconfio de minha tia Margareth, querida. Rezo para que não seja, pois o filho dela trabalha comigo há anos e sempre nos demos bem. Ele é honesto, leal e eficiente, porém, se a mãe dele for a responsável por tudo isso, não haverá mais clima para trabalharmos juntos. Será uma lástima, pois perderei um dos homens em que mais confio.

— E se for alguma aventura passada de Maurício?

— Não! Creio que não. É alguém que vem nos investigando há meses e armando cautelosamente essa situação. Talvez, tenha começado com aquela garota chamando-a em público de bastarda.

— Pai, o que ganhariam com isso?

— Desunião. Você sendo afastada de mim. Mas não permitirei que isso aconteça. Amanhã, promoverei seu irmão, e você e Maurício irão aos restaurantes mais frequentados. Seja lá quem for, morrerá do veneno, mesmo sendo alguém astuto e perigoso.

— Pai, tenho medo. Nunca tive inimigos assim.

Ele sorriu, aproximou-se novamente e abraçou-me.

— Não se preocupe. Augusto é bom estrategista; deve ter sido general em alguma outra vida — brincou. — Só que você não poderá ir para São Paulo na próxima semana, conforme fora planejado. Não poderá afastar-se. Não agora.

— Mas é o que mais desejo, pai: me afastar.

Ele sorriu, compreendendo minha aflição.

— Está com saudades? Trago sua família para cá.

— Não! Tenho medo do que podem fazer. Meu pai, padrasto — corrigi apressadamente —, não ficará bem.

— Querida, deite-se, descanse. Seu pai está aqui, a protegerá e lhe ensinará o jogo para que não seja manipulada nem induzida ao erro.

— Você não virá?

— Irei daqui a pouco. Percebe agora como perdi sua mãe? Não deixarei que façam o mesmo com você. Durma tranquila.

Beijei-o na face, despedi-me e subi para meu quarto, duvidando que conseguiria pegar no sono. Ele tinha razão. Queriam nossa desunião. Mesmo entendendo isso, não conseguia imaginar até onde a maldade humana pudesse chegar. Até onde a crueldade, levada pelo egoísmo, conseguiria reinar?

Capítulo 15

No sábado à noite, fomos jantar fora. Eu estava gelada de tão nervosa, pois parecia que todos me olhavam e cochichavam. Se alguém viesse falar alguma coisa para nos ofender, eu morreria, mas duvidava que se atrevessem, afinal, eu estava acompanhada de meus três mosqueteiros: pai, irmão e noivo.

Augusto levara uma garota extremamente agradável ao restaurante. Estava enamorado dela, mas tratava-se de um relacionamento recente.

Dancei com meu pai e com Maurício e sentia que muitas pessoas estavam nos observando. Meu pai sorria e dizia:

— Não ligue, filha. Muitas dessas pessoas são fúteis, não têm assunto. Logo esquecerão.

Mas não foi assim que aconteceu. Quase uma semana depois, saiu uma notícia nos mesmos jornais de que meu pai estava sendo investigado por negócios ilícitos, o que também não era verdade.

Dois dias depois dessa notícia, ele chegou em casa com um homem mal-encarado, que me olhou maliciosamente. Meu pai não nos apresentou a ele, pediu-me dois refrescos e trancou-se com o homem no gabinete.

Eu mesma levei os refrescos. Ao entrar, senti novamente arrepios ao olhar para aquele homem. Quem seria ele?

Deixei os refrescos no gabinete e subi ao meu quarto. Tentei ler, contudo, não conseguia me concentrar. Havia dias, andava com os nervos à flor da pele.

Augusto chegou e foi conversar comigo. Ele perguntou:

— Quem está com seu pai?

— Não sei, só não gostei dele. É uma homem mal-encarado.

Augusto sorriu de leve, como se soubesse quem era.

— O que foi? — perguntei muito curiosa.

— Deve ser de um dos jornais. São jornais de segunda categoria, que vivem de escândalos e pagam mal seus repórteres, que, para sobreviverem na profissão, se corrompem facilmente.

— Por que não vão fazer algo mais útil do que ficar atormentando as pessoas? Será que não percebem que podem destruir a vida alheia com mentiras?

Ele tornou a sorrir, desta vez com certa tristeza.

— Quem dera que todos pensassem amplamente em suas ações e no que elas podem causar como efeito dominó.

Ainda estávamos conversando no quarto, quando meu pai entrou sorridente.

— Quem era aquele homem, pai? — perguntei.

— Repórter de um dos jornais.

— Descobriu quem está pagando para fazerem esse escândalo?

— Lógico! Corrupto não tem lado ou ideologia. Além de tudo, é um idiota que nunca será respeitado na profissão.

— E quem é ele? Fale, pai! — perguntei ansiosa.

— Como havia desconfiado, a pessoa por trás de tudo isso é sua tia-avó Margareth. Mas ela me pagará caro!

— Pai, o que vai fazer?

— Não sei ainda. Ela fez por pura maldade. Seu registro de nascimento já tem meu nome, e, mesmo que eu quisesse voltar atrás, não poderia. Ela deve ter pensado em um modo de nos fazer infeliz, de criar desunião.

— Um dos filhos dela é gerente da construtora, não? Ele não está envolvido nisso também? — perguntou Augusto preocupado.

— Não! Creio que ele é inocente em toda essa história. É minha pedra no sapato, pois, se fizer algo contra ela, acabarei atingindo-o.

— Não faça nada, pai — pedi sentindo certo medo.

— Filha, não posso deixar isso assim. Posso?

— Pai, ela pagará sozinha. Vou me casar com Maurício, e, ainda por cima, ela não conseguiu nos separar. Talvez, tenha feito exatamente o contrário: nos uniu mais.

— Não se preocupe, filha. Pedirei para falar com ela. Aliás, quero que ela venha até aqui.

— Não quero vê-la.

— Então, saia. Vá fazer compras, passear na praia, qualquer coisa. Segunda à tarde, ficarei aqui de plantão para falar com Margareth. Mandarei um recado para ela amanhã. Vamos jantar, pois estou com fome.

Descemos para jantar, e eu continuava insegura. Não me parecia que tudo ia terminar assim, e realmente não terminou.

Na segunda-feira à tarde, saí de casa antes que Margareth chegasse, pois não queria vê-la novamente.

Sozinha, andando pela areia da praia, fui abordada por três moças. Conhecia-as de vista, mas não me lembrava de onde. "Talvez da festa que meu pai organizou para mim", pensei.

— Ora! Não é a senhorita Elizabeth? — observou uma das moças com certo deboche.

Apesar do tom que a moça usara, sorri e as cumprimentei.

— Boa tarde!

— O que faz sozinha? Onde está seu noivo?

Outra moça respondeu com malícia:

— Na cama de alguém, com certeza.

Elas se puseram a rir, e eu perguntei.

— Por que querem me fazer infeliz? Vocês nem me conhecem.

— Não, querida. Você é quem está se fazendo infeliz. Maurício sempre fica noivo, mas casar é outra história. Ele é rico, não precisa do dinheiro de seu pai. E não se casará. Maurício pulará fora no último instante, deixando-a com cara de boba.

— Que bom que ele não precisa do dinheiro de meu pai, pois assim se casará se quiser, só por amor, não é, garotas? — respondi um tanto irada.

— Duvido! Está para nascer o dia em que ele se casará. A não ser que Maurício esteja falido! — observou uma delas com certo prazer.

— Para surpresa de vocês, será no dia seis de outubro. Quem são vocês mesmo? Mandarei um convite a cada uma. Não tive tempo de terminar a lista, e alguns convidados a mais não farão diferença. E, pasmem, Maurício não está falido.

Eu tremia de raiva e não sabia como conseguia aparentar tanta frieza. Certamente, eu descobria em mim um lado de meu pai.

Voltei para casa imediatamente, rogando para que Margareth estivesse trancada com meu pai no gabinete — e, graças a Deus, estava.

Subi tremendo de raiva, perguntando-me por que havia tanta agressão direcionada a mim, afinal, nunca fizera mal a ninguém. Eu queria um casamento simples, sem aquela gente falsa presente. Só queria a presença de meus parentes mais íntimos e os dele, mais ninguém.

Ouvi meu pai me procurar e desci as escadas. Agradeci novamente a Deus por não ver Margareth.

— Pronto, filha! Está acabado!

— O que você fez?

— Ameacei contar algumas coisinhas que sei a respeito dela. Já lhe disse, filha! Corrupto não tem lado, é imediatista. Só pensa no lucro do momento, aprenda isso. Não precisa mais ficar nervosa. Daqui a uns dias, esquecerão.

— Pai! — eu iria contar o que ocorrera na praia, mas não o fiz.

— Fale, filha.

— Nada, obrigada.

Ele abraçou-me ternamente e disse:

— Pobre, filha! Às vezes, me creio um egoísta, pois a tirei de seu mundo de paz e tranquilidade. Eu não podia, no entanto, abrir mão de você depois que soube de sua existência. Consegue me entender e perdoar?

Balancei a cabeça afirmativamente. Amava-o, como se o conhecesse minha vida toda, e percebia que, cada vez que ele me via dividida, se perguntava se tinha me feito o melhor.

— Vamos voltar aos planos do casamento, filha.

— Pai, quero uma recepção simples, só com os parentes mais íntimos.

— Eu queria lhe fazer uma festa inesquecível.

— Com quem? Com essa gente falsa, que está doida para nos ver cair? Pai, em meu casamento eu quero presentes apenas os que realmente se importam com minha felicidade. O número de convidados é apenas ilusão; só serve para alimentar *status*.

— Tem razão. Farei o que você e Maurício quiserem.

— Pai, Maurício realmente não é ou foi casado?

Ele sorriu e beijou-me a testa.

— Não! Os cartórios de lá nunca ouviram falar dele, querida. Esqueça isso!

— Você não mentiria para mim, mentiria?

— Se sua felicidade estivesse em jogo, sim, mas agora seria o contrário. Se eu mentisse, a estragaria. Case-se tranquila e lembre-se: você me prometeu netos. Outra coisa, filha... por favor, more aqui depois de casada. Se quiserem, posso fazer uma reforma na mansão para lhes dar mais privacidade, mas não me deixe só.

Aquela possibilidade não tinha me passado pela cabeça. Eu pensara em uma casa mais simples, com meu estilo, mas compreendi que deixar meu pai sozinho seria arrasá-lo.

— Falarei com Maurício, está bem?

— Tudo bem, filha. E não se esqueça de que me prometeu muitos netos. Quero meu jardim cheio de sorrisos de crianças — repetiu ele brincando.

— Não exagere, pai — observei sorrindo, mas em dúvida se morar ali seria bom para um casal recém-casado.

Capítulo 16

Na semana seguinte, viajei para São Paulo com quase um mês de atraso. Eu não queria comentar nada sobre os acontecimentos com mamãe, mas não foi preciso. Eles já sabiam de algumas notícias. Não tudo, só uma ou outra, como a acusação que Maurício sofrera de já ter sido casado.

Eu, então, afirmei à minha família de que tudo era mentira e que meu pai investigara o caso.

— Veja o que aquele homem tem feito! Meteu a própria filha em um escândalo! — esbravejou minha mãe.

— Mãe, a culpa não foi dele. Essa confusão foi causada por uma ex-namorada de Maurício, que estava com ciúmes — menti.

— Deu para defendê-lo agora? Passou três meses lá, não foi? E ficará quanto tempo conosco agora? Um mês? Augusto me escreve, e, quando o faz, endeusa aquele homem, só porque ele o mandou para a Europa. Ele comprou meu próprio filho! Como pude me envolver com aquele homem, meu Deus?! Ele deveria ter morrido mesmo, pois, assim, eu teria me livrado de vez daquela praga.

— Mãe, eu mal cheguei, e você só faz me chatear.

— Vê como fala com sua mãe!

Desisti, pois minha mãe estava irascível. Saí da presença dela, pois estava a cada dia mais amarga. Meu padrasto, por sua vez, estava mais triste a cada dia. Eu podia sentir. Mesmo assim, ele fez de tudo para parecer animado, mas eu o conhecia. Falei sobre meu casamento e como seria, e ele comentou:

— Que bom você convidará apenas os parentes próximos. Eu morreria se tivesse de enfrentar outra festa como aquela.

— Não gostou, pai?

— Não gostei do tipo de gente que estava lá, filha. Gente esnobe. Não estou acostumado a eles.

— Nem eu — confessei desconsoladamente. — Vocês não podem deixar de ir!

— Lógico. Nós não perderíamos por nada.

— Você também vai, não é mãe?

— Deveria se casar aqui. Sua casa é aqui, não lá.

— Toda a família de Maurício mora lá, mãe.

— É o que dá se casar com alguém do círculo de seu pai — ela tornou a argumentar mal-humorada.

Em tom implorativo, pedi ao meu padrasto:

— Preciso de vocês lá, pai. Por favor, a convença a ir. É um dia especial para mim. Só minha família importa, e mamãe não pode faltar.

— Não se aflija, filha. Ela anda amarga, mas eu a levarei. Prometo! Quem sabe assim, ela fique feliz?

Mas eu estava apreensiva, pois o humor de minha mãe preocupava-me muito.

Maurício ia visitar-me a cada quinze dias e ficava dois dias conosco. Jantou várias vezes em nossa casa, fez de tudo para ser simpático, mas mamãe continuava sendo indelicada com ele, deixando-me em má situação.

— Desculpe, Maurício. Ela está assim, porque vou morar no Rio e ficará pior quando souber que moraremos com meu pai — comentei triste e dividida.

— O que ela tem? Ciúme?

— É uma velha, longa e amarga história. Eu já lhe contei, lembra-se?

— Lembro, mas não é motivo para tanto despeito.

— Despeito?

— É como se ela quisesse estar no seu lugar. Observe.

"Meu Deus!", pensei. "Ele tem toda razão. Todos os dias, minha mãe deve pensar em como teria sido sua vida se tivesse se casado com meu pai, o amor da vida dela. E quanto ao meu padrasto? Como ele ficaria nisso? Minha mãe não pensava nele. Logo ele, que a ama tanto."

Pensei no encontro de minha mãe e de meu pai biológico, que ficariam cara a cara durante meu casamento. Pensei também no terror que meu pai deveria estar sentindo de que o delírio voltasse. Será que, depois de tantos anos, isso era realmente possível?

— Elizabeth, o que foi? Você está pálida — observou meu noivo com razão. Eu estava apavorada, mas não queria envolvê-lo em tal conflito.

— Nada.

— Como nada? Você perdeu a cor. Está se sentindo bem?

— Venha. Vamos entrar.

Maurício e eu conversávamos tranquilamente sentados em um banco perto do portão. O fato de eu tornar a avaliar o que ocorreria se meus pais se encontrassem cara a cara, e a máscara de ódio de minha mãe caísse, fazia-me gelar e tremer, ainda mais em um ambiente de festa. Nós entramos em casa, e meu padrasto olhou-me, estranhando:

— O que foi, filha?

— Não sei. Falávamos sobre nosso casamento, e ela empalideceu — respondeu Maurício, confuso.

Sentia-me tonta. De repente, olhei para meu padrasto e comecei a chorar descontroladamente. Ele não merecia o que talvez acontecesse, e eu não podia compartilhar o medo que me perseguia.

Trouxeram-me água, e eu fui deitar-me. Meu noivo saiu preocupado, e meu padrasto ficou me fazendo companhia e querendo saber o que ocorria.

— Elizabeth, quer mesmo se casar com esse rapaz? Se não quiser, não precisa. É só desmanchar e pronto! Está acabado.

— Não foi o que conversamos, foi um mal-estar passageiro, pai. Não se preocupe.

— Está bem, mas, se houver qualquer conflito, me avise. Mais que pai e filha, sempre fomos amigos — dizendo isso, ele acariciou meus cabelos e saiu.

Parecia uma premonição, tamanho era o meu medo. Esquecida do livre-arbítrio de cada um, eu questionava: "Será que Deus permitiria que minha mãe e meu pai biológico traíssem a todos nós? O que seria da família? Seria justo conosco? Ou com eles?".

Capítulo 17

No dia seguinte, convenci-me de que estava exagerando e melhorei. Mamãe continuava irascível, e eu verificava, a cada dia, que Maurício tinha razão: ela queria estar em meu lugar. Nada do que eu fazia a agradava.

Os meses passaram-se, e eu voltei ao Rio. Começaríamos os preparativos para o casamento. Eu tive de me mudar de quarto, pois o meu seria pintado. Além disso, minha cama de solteiro seria substituída por uma de casal e meu guarda-roupa seria remodelado.

Maurício resistira um tanto a morar na casa do meu pai, mas ela era tão grande, e meu pai estava tão carente que ele acabou concordando. Além disso, se não desse certo, eu jurara que mudaríamos sem resistência minha.

Instalei-me em um quarto ao lado do de papai e percebi que ele passava muitas horas da noite andando de um lado para outro, embora tentasse não fazer barulho. No silêncio da noite, contudo, eu o ouvia perambular.

Em uma dessas madrugadas, por volta das duas da manhã, levantei-me e fui até lá. Bati na porta e entrei. Meu pai estava de pé no meio do quarto, e eu perguntei preocupada:

— Pai, você sofre de insônia? Eu sempre o ouço andando.

— Desculpe acordá-la, filha. Esqueço que está no quarto ao lado.

— O problema não é me acordar, e, sim, o que o inquieta.

— Nada. Sempre sofri de insônia. Há anos, tenho esse problema. Vá dormir. Precisa estar descansada para os preparativos de seu casamento.

— Não quer me contar? Sou sua princesa, lembra-se? — brinquei.

Ele aproximou-se de mim e abraçou-me dizendo:

— Graças a Deus, tenho você, pois, do contrário, não precisaria existir.

— Pai, não fale assim. Você é importante para muita gente.

— Vou lhe contar uma coisa. Há mais de um ano e meio Augusto mora conosco, não é?

— Sim.

— Sabe de uma coisa? Gosto dele como se fosse meu filho, e alguns incautos até o julgam parecido comigo.

Eu tive de rir, e ele continuou:

— Creio que todo o amor que seu padrasto lhe dá eu dou ao filho dele. Somos ótimos parceiros nos negócios, sei que posso confiar em Augusto, mesmo ele sendo tão jovem. Sinto como se tivesse dois filhos.

— Ele também o ama muito e o admira, pai.

Lembrei-me das palavras iradas de minha mãe: "Para Augusto, ele parece um Deus...".

Ficamos abraçados por alguns minutos, ele beijou-me na testa e mandou-me de volta para a cama.

Voltei para meu quarto e logo depois dormi, mas quase podia adivinhar qual era a inquietação de meu pai. Ele temia encontrar minha mãe. Eu me lembrava bem do olhar de ternura dos dois no tribunal, da sensação de que ela correria para abraçá-lo.

Como podia existir um amor assim? Que resistisse ao tempo? Ou seria apenas ilusão por terem sidos separados? Não! Meu padrasto amava minha mãe havia anos. Todos os dias, via-se isso em sua dedicação.

Intimamente, eu sentia que não amava Maurício com o mesmo desespero e ânsia. Será que o amor aumentaria com o tempo ou dali a vinte anos não existiria mais? Restaria só uma lembrança?

Sem dúvida, eu gostava muito de Maurício, queria estar sempre com ele e parecia-me que ele me completava, mas será que isso era amor? Deduzi que sim. Só podia ser amor.

Entre uma preparação aqui e outra acolá, o dia do casamento chegou. Seria uma cerimônia só para os parentes próximos, contudo, compareceram cerca de cento e vinte pessoas ao evento.

Minha família foi para o Rio três dias antes da cerimônia. Augusto os trouxera e pagara o hotel, dando-lhes quinze dias de estadia para passearem pela cidade e por suas praias.

Augusto, Maurício e eu fomos buscar minha família no aeroporto. De tão envolvida que estava em meu casamento, eu era toda felicidade e rapidamente me esqueci das agonias e inseguranças que me assaltavam.

Minha família chegou pouco antes das dez da manhã. Nós os levamos ao hotel e depois almoçamos juntos. O humor de minha mãe não melhorara em nada, e eu tentava agradá-la. Queria vê-la feliz novamente, empolgada com meu casamento.

— Mãe, quer fazer compras? Quero-os lindos para meu casamento.

— Boa ideia! Gastem e não se preocupem, está bem, pai? — disse Augusto, transbordando de felicidade por estar com a família.

Minha mãe nos olhou com reprovação e comentou com desprezo:

— O senhor Camargo os acostumou muito mal mesmo. Viraram esbanjadores!

— Não, mãe! Eu trabalho, tenho um bom cargo e um bom salário. Mereço cada tostão que ganho, não gasto à toa, mas quero vê-los bem. Vocês são minha família, não é, pai? — perguntou Augusto um tanto decepcionado.

— Claro, filho! Tenho orgulho de você, pois sempre foi uma boa pessoa. Sei que é inteligente, esforçado e tem razão! Você merece cada tostão que ganha.

— Vamos, mãe! Não seja desmancha-prazeres — pedi em tom implorativo.

Rafael, meu outro irmão, pediu a Augusto:

— Você poderia me apresentar a lindas garotas? Preciso ter aventuras aqui para esnobar meus colegas da escola.

Todos nós rimos.

— Claro, meu irmão! Conheço muitas jovens belas, inclusive de sua idade.

— Queria morar aqui — comentou o rapazote inocentemente.

— Pronto! Perderei todos os meus filhos! Maldita hora em que conheci aquele homem! Ele só me trouxe e traz desgraças — comentou mamãe irada.

Respirei fundo e pensei que ela precisava daquela máscara de ódio, pois, do contrário, correria desesperada para meu pai. Avaliei pela milésima vez a situação, e a cada possibilidade meu estômago parecia contorcer-se.

No dia do meu casamento, passei no hotel logo cedo, e nós duas fomos juntas ao cabeleireiro, como deveria ser. Ela acabou deixando-se contaminar pelo meu entusiasmo e pelas atendentes, que eram muito simpáticas.

Eu estava mais tranquila, pois já resolvera o dilema de quem entraria na igreja comigo. Dias antes, eu discutira essa questão com Maurício, e ele sugeriu que eu entrasse com meu pai e com meu padrasto.

Conversei com meu pai e expliquei-lhe que não queria abrir mão de meu padrasto nem dele. Eu os convenci a me acompanharem, cada um de um lado.

Cheguei à igreja com meu pai, e meu padrasto já me esperava na escadaria.

Ainda pensei: "De certa forma, sou privilegiada. Estou entrando na igreja com dois pais, e muitas noivas entram sem nenhum".

Entrei na nave da igreja de braços dados com meus dois pais. Estava muito feliz, pois os homens que eu mais amava me levavam para aquele com quem eu dividiria a vida, realizando, assim, uma entrega simbólica. Eu podia sentir o prazer e a felicidade de ambos.

Senti meu pai ficar tenso ao ver minha mãe no altar. Ela estava linda, muito bem penteada e usava um vestido simples, elegante e delicado. Rezei para que meu padrasto não percebesse a mudança na feição de meu pai. Olhei-o, e ele sorria para Maurício, que, nitidamente ansioso, me esperava em frente ao altar.

Mesmo prestando atenção à cerimônia de meu casamento, eu podia sentir a tensão entre os dois. Minha mãe estava de braços dados com meu padrasto. Ao lado deles estavam Augusto, Rafael e meu pai.

Eu sentia que meu pai a observava, por isso não consegui mais prestar atenção ao que o padre dizia. Só ouvi Maurício perguntar baixinho:

— O que foi, Elizabeth?

— Nada. Estou emocionada.

Maurício apertou minha mão como se, com esse gesto, pudesse transmitir-me tranquilidade, e eu fiquei muito agradecida por isso.

Ouvi o padre repetir o que acabara de falar, e eu apressadamente disse sim.

Após a cerimônia religiosa, fomos para a casa de meu pai, onde a comemoração aconteceria. Notei que alguns familiares de Maurício cochichavam, mas não me deixei contaminar. Depois daquelas notícias nos jornais, havia muita curiosidade sobre minha família.

Meu pai e minha mãe evitavam-se. Ela não saía de perto de meu padrasto, como se ele fosse um escudo — e era.

Levei-os para verem meu quarto e os presentes, inúmeros, que havíamos ganhado.

— E Augusto? Onde ele dorme? — perguntou meu padrasto, mais por curiosidade.

— É logo ali. Vou lhes mostrar.

— Nossa! Que quartos! Parecem uma casa completa! — comentou Rafael.

Novamente, o semblante de mamãe se fechou, e ela disse apressadamente:

— Vou descer. Não quero ver mais nada!

Como meu padrasto e meu irmão estavam curiosos, continuei mostrando-lhes os quartos, inclusive o de papai. Contei-lhes sobre os pássaros e o viveiro que ele construíra debaixo de sua janela.

— Posso ver mais de perto? — pediu Rafael.

— Pode, claro! Mas cuidado! Não vá se perder — brinquei.

Meu padrasto e eu ficamos algum tempo no andar superior da casa, e ele me disse:

— Rogo que seja muito feliz, filha, mas, se não for, nossa casa sempre será sua.

Abracei meu padrasto emocionada.

— Eu sei, pai. Vocês sempre serão minha família, mas um dia isso aconteceria: eu me casaria e criaria minha família.

— Eu sei, filha. Crescer faz parte da vida, no entanto, eu penso que você estará longe. Às vezes, me sinto impotente por não poder ajudá-la, se precisar.

— Não estarei em outro planeta, pai — brinquei para quebrar a tensão.

Quando descemos as escadas, Maurício procurava-me, pois queria me apresentar a alguns parentes. Fiquei entretida algum tempo com isso, pois houve as comemorações com champanhe e depois o bolo.

Como era o costume, cortei o bolo, dei um pedaço a meu padrasto e aos meus irmãos, que estavam ao meu lado. Procurei com os olhos por meu pai, mas não o encontrei. Minha mãe também não estava presente no salão.

Gelei. Minhas pernas fraquejaram por uma fração de segundos, e eu devo ter perdido a cor. Maurício percebeu, chegou mais perto e, preocupado, abraçou-me. Disfarçadamente, inquiriu:

— O que foi?

— Onde estão meu pai e minha mãe? — sussurrei-lhe.

— Devem estar no salão. É muita gente, não se preocupe.

Ninguém parecia sentir a falta dos dois, nem meu padrasto, que, distraído, conversava com alguns convidados, comia bolo e bebericava champanhe.

Eu queria sair dali e ir até os jardins procurá-los, mas não conseguia, pois as pessoas vinham me cumprimentar, e eu precisava lhes dar atenção.

Já estava a ponto de chorar, quando vi meu pai subir sozinho as escadas. Respirei fundo para acalmar-me, imaginando que eles não iriam fazer nada e que, como afirmara Maurício, eu estava exagerando.

Pouco antes de acabar a festa, Maurício e eu saímos para da casa para viajar. Decidimos passar a lua de mel em uma cidade calma de Minas Gerais.

Não cheguei a me despedir de minha mãe, pois não a encontrei. Comentei o fato com meu marido, e ele me disse:

— Talvez ela tenha voltado para o hotel. Você mesma disse que eles se evitam. Não se preocupe, Elizabeth. Agora, o mundo não existe mais. Só há nós dois.

Sorri e tentei acreditar que estava exagerando em relação aos meus medos.

Capítulo 18

A viagem foi ótima. Conheci o lado romântico de meu marido. Havia flores e champanhe todos os dias, passeios ótimos e promessas de amor para o resto da vida, união, carinho e atenção.

Muitas vezes, roguei que Maurício e eu nos amássemos como meus pais haviam se amado. "Com delírio", como dissera meu pai. Será que isso seria possível? Tratava-se de um sentimento ou de uma emoção? Era algo duradouro ou breve? Resistiria às tempestades ou não?

Vinte dias depois, voltamos da lua de mel. Meu pai me recebeu com uma felicidade infinita e quis saber como fora a viagem. Eu estava ansiosa para perguntar-lhe se ele conversara com minha mãe durante a festa de meu casamento e quais haviam sido os resultados disso.

— Pai, me perdoe. Sei que não tenho nada com isso, mas, por favor, me responda... Você conversou com minha mãe no dia do meu casamento?

— Foi inevitável, Elizabeth.

— Como foi?

— Consegui contar a ela tudo o que havia acontecido, embora ela já soubesse. Falei também de minhas angústias e dores e depois de minha procura por vocês.

Senti que meu pai se entristeceu. Ele calou-se, e eu esperei. Após alguns minutos, continuou:

— Ela chorou muito, querida. Estava com raiva, indignada, frustrada e com ódio. Eu a deixei desabafar-se, ouvi calado a tudo, e foi só.

— Doeu, não foi, pai?

— Muito, mas acabou. Nossa época e chance acabaram, filha. O momento, inevitavelmente, passou.

Senti profundamente por eles. Tive vontade de chorar, mas não o fiz. Apenas o abracei, beijei-o na face e saí.

Perguntei-me: "Será que a chance deles realmente passou? Será que, de algum modo, haveria outra oportunidade?". Não! Havia uma família entre eles, muita gente para passarem por cima, muita gente para fazerem sofrer. E se decidissem ficar juntos, jamais seriam felizes, e a imagem de ambos ficaria rasgada para sempre.

Questionei-me também se minha avó, mesmo estando morta e nunca tendo me conhecido, percebia a extensão do erro que cometera. Perguntei-me se ela podia perceber a extensão do que fizera e sentia como fizera o filho infeliz. O que a teria levado a isso? Amor pelo filho, preconceito ou tirania? Ou pior, apego ao dinheiro?

***

Voltamos à nossa rotina, e três meses depois descobri que estava grávida. Augusto quase não parava em casa e desejava ficar noivo de uma jovem por quem se apaixonara. Quando estava comigo, falava dela quase todo o tempo. Eu ria e divertia-me em vê-lo apaixonado daquele modo.

Meu pai começou a viajar a negócios mais frequentemente, de modo que Maurício e eu ficávamos quase todos os fins de semana e quase todas as noites sozinhos com os empregados.

Eu queria pedir à minha mãe que viesse para o Rio me ajudar a comprar o enxoval do bebê, como eu sempre planejara, mas temia. Conversei com Maurício, que, mais uma vez, afirmou que eu me preocupava muito com esse assunto.

— Traga sua mãe para o Rio, pois sei que fará bem a vocês duas. Reserve um hotel para ela. Creio que todas as mulheres precisam da mãe em uma hora dessas — afirmou despreocupado, e eu deduzi que ele não conseguia enxergar o perigo de mamãe ir para o Rio.

Maurício acabou me convencendo de que eu estava exagerando. Escrevi à minha mãe pedindo que ela viesse ao Rio, mas ela negou-se. Minha sogra, de maneira simpática, ofereceu-se para me acompanhar, pois estava sempre disponível. Era carinhosa comigo e também estava esperando ansiosa pelo neto. Um dia, em nossas andanças, confessou-me:

— Acreditei que Maurício não se casaria nunca. Agora, creio que todo homem passa por uma fase de conquistador para depois se tornar um pai de família.

Sorri e afirmei:

— Ele é um ótimo marido.

— E será um bom pai. Fique despreocupada — comentou otimista.

Eu estava. Já tinha atenção demais de meu irmão, de meu pai e de meu marido. Aos quase sete meses de gravidez, tive alguns problemas graves, e todos ficaram muito preocupados. Fui diagnosticada com placenta prévia, e o risco de aborto era grande. Seria preciso ficar o resto da gravidez na cama, então, meu pai foi falar comigo:

— Elizabeth, tenho certeza de que sua mãe está muito preocupada com você. Traga-a ao Rio. Não colocarei empecilho algum, afinal, não temos nada um contra o outro. Seu marido e eu ficaríamos mais sossegados se sua mãe a acompanhasse, em vez de uma enfermeira desconhecida. Sabemos que, se você estivesse em São Paulo, ela não sairia de sua cabeceira. Como seu pai, posso adivinhar as aflições que estão atingindo sua mãe e seu padrasto. Quanto a ele, não posso fazer nada, pois ele trabalha em uma empresa e não pode se ausentar tanto. Se ela quiser ficar aqui com você, por mim, tudo bem.

Eu realmente queria muito que minha mãe estivesse por perto, pois tinha medo de tudo: de um aborto ou até de morrer. Discuti o assunto com Maurício e, novamente, sobre o medo de meu pai ter minha mãe por perto, e ele concordou com a vinda dela. Por fim, comentou:

— São quase trinta anos separados, Elizabeth. Não existe mais nada entre eles. Não é possível que exista.

— E os olhares?

— Creio mesmo que você exagera. Traga-a para cá e verá. Eu mesmo vou pedir a ela que venha, pois, assim, não poderá se recusar a vir.

Concordei com Maurício. Eu queria desesperadamente minha mãe por perto. A monotonia de ficar na cama me matava, e, se ela viesse para o Rio, eu teria com quem conversar.

Quase um mês depois, minha mãe chegou. Ela queria ficar em um hotel, mas de nada iria adiantar, então, a instalaram no quarto ao lado do meu.

Minha mãe fazia as refeições no quarto comigo, mas, às vezes, Augusto a levava para a sala de jantar. Ela sempre se recusava a ir, mas ele insistia:

— Vamos, mãe. Elizabeth está manhosa, é só isso. E eu também sou seu filho! Também fico carente de mãe — brincava.

Aos poucos, apesar da presença de meu pai, ela começou a se sentir mais à vontade. Andava pela casa toda, e notei que eles pararam de se evitar. Eu, contudo, ainda sentia os olhares que nem Maurício ou Augusto pareciam perceber. Às vezes, eu tinha certeza de que eram só cismas minhas. Outras vezes, não.

Eu não podia ficar muito tempo de pé ou descer as escadas. Andava um pouco pelo quarto, tomava banhos rápidos e ia ao banheiro sem ajuda. Apesar de não sentir dores, a placenta, devido a problemas de aderência ao colo do útero, poderia descolar-se precocemente com o peso do bebê, por isso, eu precisava repousar.

Quando estava em casa, meu marido era só atenção comigo. Ficava no quarto lendo ou me contando as novidades do trabalho e da política.

Percebi que meu pai parara de viajar a trabalho e pensei que se tratasse apenas de uma fase, como já acontecera outras vezes. Depois, ele começou a chegar mais cedo em casa.

Preferi pensar que fosse por mim, pois a primeira coisa que ele fazia ao chegar em casa era ir até meu quarto e ver como eu tinha passado o dia.

Em um daqueles dias, no fim da tarde, eu estava cansada de ficar deitada na cama e fui até a janela. De repente, vi meu pai e minha mãe conversando no jardim e gelei, pois eles riam e conversavam animadamente. Voltei para a cama aflitíssima.

À noite, comentei com Maurício o que vira, e ele irritou-se com minha preocupação constante.

— Elizabeth, decida-se! Quando eles se evitavam, você ficava triste. Agora que eles estão se dando bem, você fica insegura. Eles não têm motivos para serem inimigos, pois se amaram um dia, esqueceu? Pare de tomar conta da vida dos dois!

Eu não sabia o que argumentar, mas tinha certeza de que eles ainda se amavam. Não sabia de onde vinha essa certeza, mas Maurício ainda julgava minha desconfiança inconcebível. Ele acreditava que o tempo e a distância dissolviam o amor. Será?

Como eu me sentiria se acontecesse algo entre os dois? Eu os odiaria ou os entenderia? E quanto ao meu padrasto? De forma alguma, ele merecia uma traição. Isso martelava meu cérebro, então, passei a vigiá-los e a segurar minha mãe no quarto mesmo sem necessidade.

Comecei a perceber que meu pai parecia mais feliz. Ele ia ao meu quarto assim que chegava, perguntava pelo neto, ficava um pouco comigo e depois saía.

Quis acreditar que ele estava mais feliz pelo neto e pensei em comentar minhas suspeitas com Augusto, mas preferi não fazê-lo. Não tinha provas, só desconfianças, e ele jamais pensaria que a mãe dele fosse capaz de trair o pai.

Dias depois, peguei meu pai e minha mãe no meu quarto se olhando profundamente, como se eu não estivesse lá. "Estão ficando descuidados", pensei. Apesar de ser ótimo ter minha mãe por perto, pois me sentia mais segura, comecei a arrepender-me de tê-la trazido. Ela não estava mais amarga, resmungona. Ao contrário, estava sempre de sorriso aberto, exatamente como era antes de cruzar novamente com meu pai.

Pensei que estivesse ficando neurótica pelo tédio, pelo confinamento e por precisar me manter trancada naquele quarto. Os dias se arrastavam, e os meses pareciam não passar.

Acumulando impaciência, eu contava os dias. Às vezes, todos estavam no andar de baixo rindo e se divertindo, enquanto eu estava no quarto. Comecei a odiar a gravidez e jurei não ter outro filho.

Comecei a deprimir-me. Qualquer coisa me fazia chorar, o que deixava todos preocupados. Em um desses dias, perguntei a Maurício por minha mãe, pois não a via desde o meio da tarde. Lendo o jornal sentado na cama, ele respondeu distraído:

— Creio que seu pai a levou para um passeio e depois iam jantar fora.

— Como?! O quê?! — perguntei irada.

— O que foi, Elizabeth? Sua mãe não está aqui há um mês e meio trancada com você? Ela não merece sair um pouco? Ficarei com você, não arredarei o pé daqui.

— Você não entende, Maurício — falei chorando. — É perigoso... Pobre de meu padrasto, ele não merece uma traição.

Maurício suspirou impaciente, mas manteve a calma.

— Venha cá. Eu sei que é horrível ficar aqui trancada há tanto tempo, mas temos só mais um mês e meio pela frente! Você poderá ir aonde quiser, e, assim que o bebê tiver idade, vamos fazer uma bela viagem. Que tal? Só nós três — disse ele me abraçando e me afagando.

— Ela não me disse nada! — reclamei.

— Eles resolveram lá embaixo não faz nem uma hora, foi repentino. E seus pais não precisam pedir sua permissão, Elizabeth! Só me perguntaram se eu ficaria com você, e aqui estou.

Não adiantava. Maurício não conseguia entender meu desespero nem via nada de mais entre os dois. Talvez acreditasse que meus pais eram idosos para terem uma aventura daquelas.

Rezei a Deus que eu estivesse exagerando, chorei um pouco e depois dormi. Não os ouvi chegar. Falaria com ela pela manhã. Eles não deveriam magoar meu padrasto, a pessoa com quem eu mais me preocupava naquele momento. Não deveriam, mas será que o fariam?

Capítulo 19

No dia seguinte, despertei bem cedo. Estava ansiosa para ver mamãe. Mal contendo a felicidade, ela só chegou ao meu quarto por volta das dez horas. Eu via brilho nos olhos dela. Minha mãe estava feliz como há muito tempo eu não a via.

— Mãe, você não deveria ter feito o que fez — eu disse angustiada.

— Fui só passear e jantar aqui perto mesmo. Foi uma delicadeza de seu pai.

— Crê que meu padrasto, seu marido, merece uma traição? — eu estava tentando parecer calma, mas minha alma e meu corpo estavam gelados.

— Não fizemos nada de mais, Elizabeth. Caminhamos um pouco e depois fomos jantar. Não traí ninguém.

— Mãe, sabe que é perigoso.

— Filha, já temos idade suficiente para tomar nossas decisões.

— Mãe, você ainda ama meu pai?

Minha mãe ficou pálida, e vi todo o ar de felicidade dela esvair-se.

— Por que me pergunta isso?

— Eu posso sentir. Vi como estava feliz, mãe. É difícil falar sobre isso com você, mas sei que o ama. Meu padrasto também sentiu que, no tribunal, por baixo daquele verniz de ódio, havia uma vontade de correr para meu pai e abraçá-lo. Mãe, foi indisfarçável.

Vi os olhos de minha mãe encherem-se de lágrimas.

— O que posso fazer, filha? Não existe uma tomada em mim para desligar este amor.

— Volte para São Paulo, mãe. Fiz mal em pedir que viesse. Não deveria ter ouvido Maurício e Augusto. Eles não entendem a dimensão do perigo que você corre, mas eu, sim.

— Mas e você? Falta pouco, e é a fase mais perigosa.

— Creio que vocês correm mais perigo do que eu e o bebê.

— Elizabeth, querida, me perdoe. Não consigo evitar, mas jamais magoaria meu marido. Ele sempre nos amou, foi gentil e amoroso comigo quando eu mais precisei, e eu o amo. De outra forma, mas amo. E seu pai nada sabia do que eu estava passando, enquanto estava grávida de você. Às vezes, eu penso se não merecemos a chance de tentar de novo... Eu acredito que ele ainda sinta algo por mim.

Minha mãe ainda tinha dúvidas sobre meu pai sentir algo por ela, porém, eu tinha certeza. Não comentei nada, no entanto. Pobre pai! Pobre mãe! Algo sempre parecia impedir que os dois se unissem.

— Tenho medo de um deslize, de um momento de fraqueza. E seu marido, mãe? Ele merece toda essa decepção? E seus outros filhos, Augusto e Rafael? Mãe, Rafael é pouco mais que uma criança! Como ficariam todos?

"Pense nas consequências disso, mãe. Augusto tem um bom cargo na empresa de papai e está fazendo uma bela carreira. Ele não sabe exatamente o que ocorreu entre vocês no passado e pensa que fui resultado de um namoro desastroso. Isso ele pode entender e conviver.

"Se você trair o pai dele, como Augusto poderia continuar trabalhando com o amante da mãe? Diga-me. Por favor, pense bem. Não há mais somente a vida de vocês em jogo. A vida de seu marido, de seus filhos e a minha também estão."

Ela me deu às costas, e eu tive certeza de que segurava o choro. Tempo demais se passara. Havia muitas pessoas e responsabilidades entre os dois.

Ficamos em silêncio durante um bom tempo. Com dó deles, eu só pensava: "Tanto amor desperdiçado devido ao egoísmo de alguém que julgou ter direito de impedi-los de viver um amor".

— Tem razão, filha — disse finalmente ela, com voz embargada. — Vou para São Paulo hoje à tarde. É melhor para todos.

Avaliei que eu estava sendo a mãe naquele momento.

— Venha cá — pedi.

Ela sentou-se ao meu lado na cama. Eu estava muito triste, pois tirara a felicidade de minha mãe brutalmente, trazendo-a para a realidade. Abracei-a e quis mudar de assunto, mas meu coração doía pelo que precisara fazer.

Meu pai bateu na porta e logo entrou. Ele nos encontrou abraçadas e vi seus olhos analisarem a cena atentamente.

— Você está bem, filha?

— Estou apenas entediada.

Meu pai olhou para minha mãe, e, sem o encarar, ela comunicou:

— Vou para São Paulo hoje à tarde.

— Não pode! — ele quase gritou. — Elizabeth precisa de você — corrigiu apressadamente.

E quase o ouvi dizer "e eu também". Ela ainda não olhava para ele e tentava parecer indiferente.

— Elizabeth está e ficará bem. Creio que não deveria ter vindo — Ela falou em um sussurro sufocado.

— Fique. É importante que fique. Maurício e eu ficamos mais tranquilos saindo para trabalhar com você aqui.

Finalmente, ela tomou coragem e olhou para meu pai. Senti nessa troca de olhar que eles não queriam se separar novamente. Tive uma imensa vontade de chorar.

Augusto apareceu por trás de papai, quebrando um pouco a tensão do momento. Ele chegou feliz, brincando, sem perceber nada.

— Como é? Esse bebê manhoso nasce ou não nasce?

— Vai levar ainda um mês e pouco para ficar pronto! — respondi no mesmo tom, tentando dissipar minha tensão.

— Vamos, Augusto. Já estamos atrasados — falou meu pai e nos deu um bom dia apressado.

Pela hora que papai estava saindo para o trabalho, tive a certeza de que minha mãe e ele haviam voltado tarde da noite para casa. Deveria ser por volta das dez da manhã, e papai saía regularmente às sete e trinta. Augusto chegara de viagem por volta da meia-noite, por isso também estava saindo àquela hora.

— Aonde foram? — voltei ao assunto, ainda abraçada à minha mãe.

— Não sei o nome do restaurante, mas era maravilhoso. Depois do jantar, dançamos um pouco.

— Mãe, me conte... como se sentiu?

Ela se soltou. Levantou-se, foi até a porta e a fechou. Depois, começou a andar pelo quarto.

— Filha, você já é uma mulher e logo será mãe. Precisa me entender. Eu acreditei que seu pai só me abandonaria estando morto. Nem cego ou aleijado ele me deixaria. É uma coisa difícil de explicar... eu tinha certeza de que era amada. Não pensei duas vezes em me entregar a ele. Sempre fui uma jovem moderada, tanto que, quando descobri que estava grávida, ninguém acreditava. Nem eu acreditava!

"Depois que seu pai desapareceu, eu rezava todas as noites pela alma dele. Para mim, não havia chance de ele estar vivo e ter nos abandonado. Não me passou pela cabeça que alguém quisesse nos separar e eu também não tinha a vaga ideia de que ele fosse tão rico. Não falamos sobre isso. Se ele fosse um mendigo, ainda assim eu o amaria com a mesma loucura.

"Imagine como foi para mim quando ele reapareceu. Quando aquele detetive apareceu dizendo que havia três anos corria todo o Estado de São Paulo nos procurando a mando de seu pai. Eu o odiei! Ele havia me abandonado e agora queria conhecer a filha?! Para quê? Depois, quis colocar o nome dele no seu registro. Eu não queria, afinal, na minha concepção, ele perdera o direito a isso. Você sabe que lutei contra isso.

"Fui dedicada e boa esposa ao meu marido, o amo, mas sem loucura, sem esse sentimento que está completamente infiltrado em meu ser. Consegue me entender?"

Eu tentava, mas amava Maurício sem loucura e não sabia se tinha esse tipo de amor infiltrado em meu ser. Mamãe realmente era moderada, e isso tornava ainda mais difícil minha compreensão dos fatos.

— Mãe, sobre o que vocês conversaram ontem à noite?

— Sobre você, o bebê e Augusto, que seu pai realmente crê ser muito competente. Falamos sobre tudo, menos sobre o que houve entre nós no passado. Evitamos recordar o que aconteceu. É um acordo tácito entre nós dois. Foi como se eu acabasse de conhecê-lo, como se eu fosse somente sua mãe, e ele estivesse me fazendo uma gentileza.

— Conseguiram, mãe?

Ela balançou a cabeça afirmando e continuou:

— Não quero nem terei nada desta vez com ele, filha. Fique sossegada.

— Mãe, creio que isso é tortura, por isso peço que volte.

— Voltarei, se prefere.

— Não é o que prefiro. Preciso de você aqui, sabe disso. Maurício tem medo de me deixar na mão dos empregados, apesar de confiar em Ana. Ele teme que algo aconteça no caso de uma emergência. Mãe, peço que decida o que for melhor para você — falei suspirando.

— Meu Deus! Como é difícil! Adorei me sentir nos braços dele novamente, enquanto dançávamos. Elizabeth, você consegue imaginar uma situação como essa? Eu não queria dançar e, ao mesmo tempo, ansiava em senti-lo ao meu lado, entende? Nem parece que tantos anos se passaram.

Balancei a cabeça concordando. Estava conhecendo outro lado de minha mãe, o lado mulher, coisa que para nós, filhos, parece não existir.

— Dançaram muito?

— Muito. Até o restaurante fechar.

— Papai gosta de dançar. Ele sempre me levava para dançar antes de eu ficar grávida. Até Maurício ficava de lado nos olhando.

— É, ele sempre gostou. Vou pensar, filha. Na verdade, vou avaliar bem se posso confiar em mim.

Minha mãe saiu um pouco. Eu estava confusa. Todos os motivos que eu alegara seriam impedimento para os dois? Será que conseguiriam ser felizes assim? Será que alguém conseguiria, apesar de assistir a seus amados sofrerem?

Capítulo 20

Maurício passou em casa na hora do almoço. Conversamos um pouco, mas não lhe contei nada sobre a conversa que tivera com minha mãe. Era a intimidade dela e nosso segredo.

— Está mais calma? Viu? Sua mãe chegou sem um arranhão — comentou em tom de brincadeira.

— Exagerei, desculpe — respondi com tristeza. Ele não percebeu.

Maurício beijou-me na testa e, sorrindo, disse.

— Está perdoada.

Ele passou a mão pela minha barriga, que estava enorme, e, dirigindo-se ao bebê, falou com carinho:

— Viu que trabalho você está dando? Nem nasceu e já está cansando sua mãe.

— Não fale assim com ele. Nem sabe o que ocorre — ralhei brincando.

— Sabe, sim! Mais do que nós até — respondeu seriamente.

— Bobo! Se este bebê for mais esperto que os pais, estaremos perdidos quando ele nascer.

Maurício riu divertido.

— Preciso voltar. Só passei em casa, porque estava preocupado com vocês. Como anda muito nervosa, é perigoso. Onde está sua mãe?

— Lá embaixo. Deve ter ido buscar o almoço para mim.

— Ótimo! Coma por dois.

— Não quero ficar gorda.

— Não faz mal, adoro gordinhas — tornou a brincar.

Maurício chegou mais perto, me beijou de leve nos lábios, tornou a acariciar minha barriga e avisou:

— Voltarei bem mais tarde hoje. Terei uma reunião.

— Está bem — concordei sem desconfiança alguma.

Mamãe voltou, e nós duas almoçamos no meu quarto. Evitamos voltar ao assunto, e ela perguntou:

— Falta alguma coisa ainda para o enxoval do bebê?

— Creio que sim, mãe. Só comprei algumas coisas nos primeiros meses e depois não pude mais sair. Tenho ganhado muita coisa. A mãe de Maurício sempre traz alguma peça quando vem me visitar.

— Conferiremos hoje à tarde, para não termos más surpresas.

Acabamos de almoçar, e, à tarde, ela começou a colocar as peças ao meu lado. Faltavam mais fraldas e outras coisas, então, fizemos uma lista.

— Filha, a compra não pode esperar mais. Como você não pode sair da cama, irei com seu marido às compras.

— Mãe, convide minha sogra. Maurício não entende nada e ainda fica entediado.

— Mal a conheço, mas creio que seja uma ótima ideia.

— Peça a alguém para avisá-la.

— Farei melhor. Farei uma visita rápida a ela esta tarde, e conversaremos. Está bem? Você ficará sozinha mais ou menos por uma hora e meia. Voltarei logo!

Ela saiu do quarto e foi se aprontar. Pedi para Ana colocar tudo para lavar. Eu queria poder fazer isso pessoalmente, pois seria um prazer. Ana ainda quis me fazer companhia, insistiu, mas eu me sentia fisicamente bem.

Ela concordou e saiu do meu quarto levando todas as roupinhas. Para não pensar, comecei a ler, única forma que eu tinha de matar o tempo. Precisava ficar um pouco reclinada, pois não podia ficar sentada por muito tempo. Cheguei mesmo a tirar um cochilo.

Acordei molhada e desesperei-me. Estava sozinha no quarto, mas a porta estava aberta. Gritei por Ana com medo de que, naquele casarão, ela não me ouvisse. Quase imediatamente, a ouvi subir as escadas correndo.

Quando Ana apareceu na porta, perguntei, sem saber direito quanto tempo se passara:

— Ana, minha mãe já chegou?

— Já. Está no quarto dela.

— Peça que ela venha aqui. Ana, peça também um táxi. Preciso ir para o hospital.

— Elizabeth, é cedo para as dores.

— Estou molhada, Ana, e sem dor.

Ela aproximou-se, levantou os lençóis e saiu correndo para chamar minha mãe.

Mamãe entrou no meu quarto e disse a Ana:

— Ajude-me a limpá-la. Creio que a bolsa se rompeu. Ela não pode descer as escadas. Há algum homem na casa?

— Sim, senhora. Vou chamar.

Ana saiu apressada e logo depois voltou com o jardineiro, um homem forte e acostumado à lida pesada. Em poucas palavras, mamãe resumiu o que acontecia e pediu que ele esperasse um pouco do lado de fora do quarto, enquanto ela e Ana me limpavam e trocavam. Eu me mexia o mínimo possível, com medo de esgotar o líquido amniótico e prejudicar o bebê.

O jardineiro não precisou de ajuda para descer as escadas comigo nos braços, mas eu estava com um medo terrível de que ele me deixasse cair.

Rapidamente, entrei no táxi, e seguimos para o hospital. A cada movimento, a bolsa vazava, e eu rezava com medo de perder o bebê, e nós o queríamos vivo e saudável. Eu sentia que estava molhando as toalhas de banho sobre as quais estava sentada e pensava que tinha feito minha parte. Ficara todos aqueles meses na cama, quase sem poder andar.

O motorista nos deixou no hospital e, a pedido de minha mãe, foi avisar meu marido e meu pai sobre o que acontecera comigo. Os telefones públicos eram raros nas ruas, e os que haviam comumente não funcionavam.

Logo me deram uma anestesia, e eu apaguei completamente. Quando acordei, estava completamente tonta e confusa.

De olhos fechados, expressando aflição, Maurício estava ao meu lado. Sem saber se as palavras sairiam ou não, perguntei:

— E o bebê?

Ele abriu os olhos e debruçou-se sobre mim.

— Você está bem?

— Creio que sim. E o bebê? — tornei a perguntar ansiosa.

— Está bem. Nasceu precocemente, mas está bem.

Tornei a olhar em volta e vi papai, Augusto, mamãe e Ana um tanto afastados da cama.

— Onde ele está? Quero ver meu bebê.

— Você logo o verá. Acredite, ele está bem — respondeu minha mãe aproximando-se e pegando uma de minhas mãos para me acalmar e dar coragem.

— Vocês já o viram?

— Eu, sim, filha. Não se preocupe. Ele é perfeito, um tanto magrinho somente. Durma. Está com dores?

— Um pouco.

— Que susto, filha! Eu não viveria sem vocês de novo — comentou meu pai ainda um tanto angustiado.

Não entendi se ele se referia a mim e ao bebê ou a mim e à minha mãe. A enfermeira entrou e me deu uma injeção muito dolorida.

— Mamãe, você avisou papai sobre o nascimento do bebê? — falei referindo-me ao meu padrasto.

Eu evitava falar assim na presença de meu pai biológico, mas saiu por reflexo do amor.

— Mandarei um telegrama bem cedo. Ainda é noite.

— Que horas são?

— É madrugada, querida. Durma — disse Maurício. Ainda senti angústia em sua voz.

— Podem ir, eu fico com ela — disse mamãe.

— Não! Vão vocês, eu fico com ela. A senhora fica durante o dia — pediu meu marido.

Pensei em mamãe e papai sozinhos naquela casa, mas lembrei que Augusto iria com eles. Não sei o que por fim decidiram fazer, pois tornei a dormir devido ao efeito do analgésico.

Horas depois, acordei com o choro fraquinho do bebê e com uma enfermeira perguntando:

— Senhora, será que pode amamentá-lo?

Outra enfermeira ajudou-me a sentar. Ela colocou um monte de panos com uma carinha em meus braços, e eu mal senti o peso de meu filho.

Lembrei-me de que viera para o hospital sem trazer as roupinhas do meu filho e de que elas não estavam lavadas ainda. Pensei, então, que mamãe as traria.

Agradeci mentalmente por minha mãe estar ao meu lado e senti o quanto era importante ter pais dedicados, com ou sem emergência.

Nos primeiros momentos, foi difícil para o bebê e para mim nos acertarmos, mas, depois de alguns minutos, pegamos o jeito, e ele mamou até dormir.

— É prematuro, senhora. Precisa ter paciência com ele, pois é mais frágil que as outras crianças.

— Onde está meu marido? — perguntei.

— Está lá fora. Foi comer alguma coisa e tomar um café. É muito cedo ainda.

— Poderia chamá-lo? Eu queria que visse nosso bebê.

Ela sorriu bondosamente.

— Ele já o viu, todos já o viram.

Mamãe chegou logo, e Maurício, que já estava ao meu lado, foi dormir um pouco. Percebi que ele parecia muito preocupado, então, assim que ele saiu, perguntei à minha mãe:

— Mãe, Maurício me pareceu preocupado. Há algo que eu não saiba?

— Não. Maurício é pai de primeira viagem, filha. O médico conversou com ele e falou da fragilidade do bebê. É isso que o preocupa, mas logo seu filho estará forte e seu marido não se preocupará mais. Ou melhor, vou corrigir, filhos são preocupação para a vida inteira, mas ele se acostumará — comentou sorrindo.

Sorri do desabafo de minha mãe. Aquela fala continha uma verdade profunda, à qual não prestei atenção naquele momento.

O bebê não conseguia mamar muito a cada vez, então, o traziam a cada quarenta minutos. Ele mamava um pouco, parava e mamava de novo. As enfermeiras ficavam indo e vindo, mas não podiam deixá-lo direto comigo. Era regra no hospital.

Fiquei internada durante quase quinze dias, mais por causa do bebê do que por minha cirurgia.

Quando voltei para casa, ainda sentia muitas dores devido à cesariana, e eu evitava andar. Para subir as escadas, Maurício carregou-me e tornei a ficar encarcerada no andar superior da casa.

Por aqueles dias, Augusto precisou viajar, pois papai não queria ir e mandou-o em seu lugar. O bebê dava bastante trabalho, mas estava ganhando peso dia a dia. Era um lindo garoto. Demos a ele o nome de Marcos.

Aos poucos, comecei a descer as escadas com cuidado e levar o bebê para baixo. Não descia com ele nos braços. Mamãe e Ana o faziam.

Meu corte cicatrizara quase completamente, e eu já não sentia tantas dores. Estava com saudades de relacionar-me com meu marido, de sair, tomar sol. Não havia mais motivos para mamãe ficar no Rio e comecei a notar que ela estava relutante para voltar para São Paulo. Marcos também já tomava um solzinho pela manhã.

Em um daqueles sábados de manhã, eu me levantei, saí para andar pelo jardim e ouvi meu pai e minha mãe conversando. Ela falava:

— Preciso ir. Nosso neto está bem, e Elizabeth já está recuperada. Meu marido e Rafael estão sozinhos há meses, e eu sinto muita saudade deles.

— Eu compreendo, mas sentirei muito. Você sabe como é importante para mim tê-la por perto.

— Não fale assim, por favor. Passou. A chance se foi. Com interferências ou não, ela se foi, se perdeu.

— Não é justo — protestou ele.

— Justo com quem?

— Conosco!

— Você tem sua vida, e eu, a minha.

— Eu não me casei, não tenho filhos com outras mulheres.

— Ora, vamos! Deve ter tido muitas aventuras. Você é homem, é fácil. Agradeço a Deus por todo o carinho e a proteção que tenho e tive do meu marido. Ele assumiu Elizabeth quando você não estava lá. Não se esqueça disso.

— Eu ainda a amo — ele confessou em um sussurro que eu mal pude ouvir.

— Sinto muito — ela respondeu com a voz embargada.

Eu podia avaliar o sofrimento de minha mãe, que tentava de todas as formas se fazer de indiferente, mas eu sabia que não era. Ela continuou:

— Deveria ter me esquecido, refeito sua vida.

— Tentei. Tentei muito, mas não consegui. Nada preenchia sua falta. É uma ligação forte da qual nunca consegui me desvencilhar. Diga-me: você realmente conseguiu?

Minha mãe não respondeu, e meu pai insistiu:

— Me diga... conseguiu?

— Eu acreditava que você estivesse morto até aquele detetive aparecer na minha porta.

— Está vendo? Você sabia que só a abandonaria se estivesse morto.

— Não estava morto e me abandonou — senti que ela usara um tom como se fosse um chicote.

— Você já sabe o que aconteceu.

Ela suspirou.

— Sei, sim. Vou embora amanhã.

— Nos dê uma chance. Não vê que preciso disso?

— Não! Não precisa! Você tem Elizabeth, a tirou de nós e ainda arranjou esse casamento.

— Eu não arranjei. Maurício a ama, e eu dei graças a Deus por Elizabeth ficar comigo, aqui no Rio.

— Lucrou, não foi? Tem a filha e o neto.

— Eu mereço isso. Você a teve a vida toda, e eu perdi momentos memoráveis. Agora, os terei com meu neto. Não será a mesma coisa, mas terei o prazer de comprar-lhe presentes de Natal, de montar uma árvore com muitos enfeites e ver o sorriso de uma criança. Eu nunca tive isso. Minha mãe me tirou esse prazer. E você teve e ainda tem, afinal, Rafael é ainda uma criança, não é?

— Não! Ele já está em plena adolescência.

— Você não imagina há quanto tempo moro sozinho. Quantas vezes essa casa me pareceu um túmulo frio! Você não pode avaliar o medo e o prazer que senti quando as encontrei, que senti quando Elizabeth me aceitou e compreendeu que o que aconteceu é impagável. Agora, gosto de voltar para casa. Poderei mimar meu neto, meu futuro herdeiro.

Ela tornou a suspirar.

— Sinto muito. Tenho um marido e preciso voltar para ele.

— É, você tem — ele afirmou como se estivesse acusando-a de algo e saiu.

Eu ouvia a tudo paralisada, afinal, nosso destino estava sendo decidido ali, no diálogo dos dois. Respirei fundo. O efeito dominó de nossas atitudes repercute até onde não podemos imaginar.

Se eles resolvessem ficar juntos, eu precisaria me mudar dali, afinal, passaria a ver minha mãe como alguém que traíra alguém a quem eu amava muito: meu padrasto. Seria uma grave traição, e a ingratidão é um dos piores pecados.

No dia seguinte, minha mãe voltou para São Paulo. Não a vi se despedir de meu pai. Ele saíra mais cedo para o escritório, e Augusto a levou até a rodoviária. Ela não quis ir de avião.

Eu pedira à minha mãe que permitisse que Rafael passasse as férias conosco, e Augusto prometeu ir buscá-lo. Julguei que ela e meu padrasto precisavam de um tempo a sós e roguei que, mesmo não existindo um "delírio" entre os dois, uma das formas de amor os mantivesse ligados, pois, se fosse só por obrigação, seria muito triste. Haviam sido felizes até a reentrada de meu pai nos nossos destinos. Eu estava apreensiva. Será que minha mãe conseguiria novamente?

Capítulo 21

Era Natal. Meu filho estava com seis meses, e meu pai montou uma árvore enorme. O bebê ria, sem ao menos saber o que estava acontecendo. Augusto fora para São Paulo e voltaria com Rafael depois do ano-novo.

Papai paparicava o bebê mais do que Maurício, e eu comecei a ter a sensação de que meu marido não era mais o mesmo. Parecia que a paixão dele se dissolvera naquele pouco tempo de casamento.

Meu pai convivia com o neto como se fosse filho dele, uma chance que ele perdera comigo e tentava compensar com o neto.

Os meses passavam-se, e meu marido ausentava-se a cada dia, alegando reuniões e chegando sempre tarde. Sentindo-me abandonada, resolvi desabafar com meu pai.

— Filha, eu soube que o pai dele se arriscou em um negócio alto e não se deu muito bem — contou-me meu pai com certo cuidado.

— Ele não me disse nada. Pai, creio que meu marido tenha uma amante.

Eu sabia que se levantasse aquele tipo de suspeita e comentasse o assunto com meu pai seria perigoso. Ele olhou-me gravemente e questionou:

— Se quiser mesmo saber, eu verifico.

Eu sabia que ele falava em mandar investigar, e senti-me muito insegura. O medo surgiu em mim.

— Não sei se quero saber.

— Deve saber. O fato de eles terem se dado mal em um negócio não é desculpa para seu marido ter outra — meu pai falou categoricamente.

— Pai, eles estão falidos?

— Creio que não, pois têm muitas propriedades. É só uma fase. Eles vão se recuperar logo. A economia sobe e desce neste país. É preciso ter cuidado com investimentos.

— Deixe. Eu mesma falarei com ele.

— Ele já deveria ter lhe contado. Não o fiz, porque não quero servir de fofoqueiro entre vocês. Mas saiba que estou aqui, sempre.

Agradeci e peguei o bebê para subir as escadas.

— Deixe o bebê comigo. Depois, eu o coloco no berço — pediu-me meu pai.

Eu sabia o prazer com que papai fazia isso e o quanto o neto era importante para ele. Fui para meu quarto e esperei meu marido acordada. Maurício chegou tarde, e eu o questionei diretamente:

— Maurício, por favor, me responda... o que está acontecendo?

— Nada, querida. Apenas muito trabalho.

— Como nada? Você vive ausente.

— Não lhe falta nada.

— Falta, sim: você. Nós quase não nos falamos. Não nos relacionamos mais, e eu não sei de seus problemas.

— Que problemas?

— Não minta. Eu sei que seu pai fez um mau negócio.

— Quem lhe contou?

— Meu pai.

— Ele não tinha esse direito!

— Eu perguntei, e ele só me contou porque insisti. Já faz meses que isso aconteceu, não é? — falei irritando-me.

— É, sim. Vamos nos recuperar. Não se preocupe.

— Não é só com isso que estou preocupada. Creio que você tenha outra — gritei irada e frustrada por meu marido me deixar à parte, como se eu fosse uma criança que precisava ser poupada dos problemas.

Ele riu com desprezo.

— Para quê? Para seu pai mandar me matar e fechar todas as portas para mim?

— É só esse o motivo que o faz não ter outra? — perguntei com vontade de chorar.

— Não.

O não de Maurício foi tão seco que pareceu um sim. Ele entrou no banheiro e foi tomar banho, e eu fiquei chorando na cama. Precisava ouvir que ele ainda me amava, que não viveria sem mim. Estava carente dele. Ele saiu do banho, e eu ainda chorava.

— O que foi?! — perguntou irado.

— Nada. Só a sua indiferença.

— Estou com problemas graves, está bem?! Consegue compreender isso?! — gritou.

— Não! Fale o que é, pois talvez eu possa ajudar.

— Como? Pedindo um empréstimo ao seu pai? Todos dirão que vivo às custas dele e que sou um fracassado!

— Eu nunca pensaria isso. É de dinheiro que precisa? Ninguém saberá.

— Não! Não precisamos.

Ele deitou-se e virou de costas para mim, sem me dar um beijo ou me dirigir uma palavra de carinho. Chorei muito e em silêncio. Estava magoada e sentindo-me à parte na vida de meu marido.

Na manhã seguinte, meus olhos estavam vermelhos e inchados. Eu queria evitar encontrar meu pai, mas o bebê acordava cedo, e eu o levava para baixo para alimentá-lo. Maurício já não estava em casa, e mal eram sete da manhã.

Desci, e Marcos foi logo para os braços do avô, que, de aparência jovem, mais parecia o pai da criança. Ele olhou-me longamente e não perguntou nada. Brincou um pouco com o neto e depois saiu.

No meio da tarde, Maurício chegou em casa. Assustei-me ao vê-lo, pois havia meses ele só chegava depois das 23 horas. Senti algo ruim fluindo de meu marido.

— O que foi? — perguntei um tanto sobressaltada.

— Venha! Precisamos conversar.

Pedi a Ana que cuidasse do bebê, e entramos no gabinete de meu pai. Sentia também muita irritação em meu marido.

— O que foi? — tornei a perguntar mais temerosa ainda.

— Peça para seu pai parar de me investigar.

— Ele não está fazendo isso.

— Está sim! — ele gritou.

— Não! Não está! — afirmei no mesmo tom.

— Andaram perguntando de mim por aí. Deve ser seu pai.

Falei tentando acalmar-me:

— Maurício, não é meu pai. Falei ontem à noite com ele e disse que achava que você tinha outra. Meu pai me perguntou se eu queria que investigasse, então, respondi que não sabia se queria.

Meu marido olhava-me avaliando, e eu continuei:

— A decisão é minha. Ele mesmo me disse isso.

— Quem pode ser, então?

— Não tenho ideia. Nem sei o que tem acontecido com você.

— Meu pai fez um negócio arriscado, mesmo eu lhe rogando que não fizesse. Às vezes, ele é muito impetuoso e acredita que foi se arriscando que conseguiu construir o que tem. Não deu certo. Meu pai investiu alto e comprometeu toda a renda e o patrimônio da família.

Aproximei-me e abracei Maurício. Estava com saudades do homem que eu conhecia: calmo, divertido, que mantinha tudo sob controle. Ele abraçou-me de volta carinhosamente.

— Desculpe, Elizabeth. Sei que a tenho negligenciado, mas é coisa grave. Meu pai está arrasado, e minha mãe não para de recriminá-lo. Tenho tentado fazer meu trabalho e o dele no meio do caos.

— Quais são as consequências disso? Meu pai disse que vocês têm muitas propriedades, que será só uma fase e que logo se recuperarão.

Ele riu desconsolado.

— Seu pai não tem ideia da gravidade da situação. Meu pai penhorou tudo, tudo!

Soltei-o assustada e incrédula.

— Em um negócio só? Sem consultá-lo ou consultar um bom advogado?

— Ele fez tudo isso, mas não ouviu ninguém. Fiz de tudo para dissuadi-lo dessa atitude insana, Elizabeth. Foi insano! Insano!

— Querido, se precisarem de um empréstimo ou de uma ajuda... você é meu marido.

— É isso que quero evitar. Farei uma dívida com seu pai, sem saber se poderei pagar algum dia.

— Se não pagar, não tem problema.

— E como me sentirei devendo a vocês?

— O dinheiro também é meu, é nosso.

— Não vou ser sustentado por uma mulher, mesmo que seja uma herdeira rica.

Ele disse *herdeira rica*, como se isso fosse um defeito grave, e eu fiquei magoada, pois só queria ajudar. Maurício fez um lanche e saiu. Voltou mais tarde da noite ainda, e eu fingi que estava dormindo. Não queria discutir novamente e só pensava em um modo de ajudá-lo sem ele saber. Maurício não queria minha ajuda, então, tinha eu o direito de intrometer-me?

Capítulo 22

No dia seguinte, quando acordei, meu marido novamente não estava mais lá. Marcos já estava com meu pai. Havia dias, Maurício não via o garoto ou mal chegava perto dele. Eu passara parte da noite acordada, sentindo-me impotente e deprimida. Desci.

— Eu o peguei. Ele a chamava, e você não ouviu — justificou-se papai. Ele observava-me, sentindo que algo estava errado.

— Dormi tarde. Estou muito preocupada.

— Ana, por favor, fique com o garoto — pediu ele, sem tirar os olhos de mim.

Após entregar a criança a Ana, meu pai passou os braços sobre meus ombros e guiou-me ao gabinete. Perguntei insegura:

— Pai, é você quem está investigando Maurício?

— Não! Você não quis... mas se quiser...

— Ontem à tarde, ele veio aqui irritadíssimo, pensando que você o está investigando. Pai, esse mau negócio que meu sogro fez é realmente grave? Maurício disse que o pai dele penhorou tudo. Tudo!

Meu pai sentou-se pesadamente na cadeira e, incrédulo, observou:

— Ele não pode ter feito tal loucura!

— Maurício me contou que foi contra essa decisão e que os advogados consultados também, mas o pai dele resolveu arriscar.

— Filha, eu não sei direito o que aconteceu. Só sei o que se fala por aí, e você sabe que as pessoas sempre exageram. Não quero me intrometer na vida de meu genro e nos negócios da família dele, mas, se quiser, posso conversar com Maurício.

— Pai, por favor... Eu não entendo de negócios.

— Falarei, filha. E evite falar de problemas perto do meu neto.

— Ele é um bebê.

— Mas é esperto e sente quando a mãe dele não está bem.

— Vou ficar atenta, pai. Obrigada por sempre me ajudar.

Meu pai levantou-se, deu-me um beijo na testa e saiu. Permaneci no gabinete por um tempo, pois algo me pesava. Sentia como se uma coisa ruim flutuasse no ar. Não sabia o que era, mas precisava identificar e, se pudesse, fazer algo.

Resolvi ir até a casa de minha sogra. Não éramos amigas íntimas, mas nos relacionávamos muito bem. Acreditei que era o momento de nos tornarmos amigas, afinal, é justamente nas situações de emergência que conhecemos os amigos. Decidi ir visitá-la à tarde e levar o bebê. Uma criança é sempre motivo de alegria.

Não deu tempo. Logo depois do almoço, meu pai chegou angustiado em casa. Inicialmente, ele não falou nada, limitando-se a me pegar pela mão e me levar ao gabinete. Meu coração acelerou, e eu podia sentir a angústia dele. Meu pai mal fechou a porta e comentou:

— Elizabeth, acabei de saber que seu sogro se suicidou.

Eu fiquei zonza. Não conseguia entender o que ouvira, como se não soubesse o significado. Levei algum tempo para reagir.

— Como, pai?

— Filha, não sei. Avisaram-me assim que cheguei de uma reunião. Procurei Maurício em todos os lados, contudo, não o encontrei.

— Há meses, ele chega tarde da noite em casa e sai bem cedo. Sinto-o exausto.

— Vá se trocar rápido. Vamos até a casa deles. Não sei se seu marido já está lá, mas logo saberemos. Isso é muito grave — disse apavorado.

Subi as escadas ofegante. Não conseguia chorar no desespero. Angústia pior eu nunca sentira. Que loucura! A imagem de meu sogro vinha à minha mente. Não! Não era possível. Não ele. Tão dominador, mandão, determinado.

Troquei-me em menos de cinco minutos e tremia dos pés à cabeça. Parecia um pesadelo.

Pedi a Ana que cuidasse de Marcos e entrei no carro. Enquanto o motorista dirigia, eu ia no banco de trás abraçada ao meu pai, como uma garotinha medrosa.

Senti saudade de minha vida simples em São Paulo. Talvez estivesse casada com um operário, sem grandes dramalhões, tiranias, falências, suicídios.

Quando chegamos à casa de minha sogra, encontrei-a aos prantos. Ela perguntou-me do filho.

— Não sei. Ele saiu cedo e não me disse para onde ia — respondi-lhe, sentindo-me uma idiota.

Intimamente, eu pensava que os parentes de Maurício logo começariam a chegar, pois a notícia se espalhava de boca em boca. Temi por meu marido e questionei-me. Será que ele tinha feito o mesmo? Comecei a chorar. O clima estava horrível, o corpo ainda estava sobre a cama, com um tiro na cabeça.

Meu pai começou a providenciar a remoção do corpo, ele era rápido e eficiente em dar ordens. Agradeci a Deus por tê-lo como pai.

Minha sogra contou-me que havia dias o marido não saía para trabalhar, que diariamente Maurício aparecia na casa com muitos papéis e que ficava trancado no gabinete com o pai até tarde da noite, discutindo negócios.

Às vezes, discutiam aos brados, brigavam, e ela ouvia. Novamente, agradeci a Deus mentalmente, pois acabara de descobrir o que meu marido fazia até tarde da noite.

Naquela manhã, meu sogro dissera que queria dormir até mais tarde. Ela descera para tomar café e, quando estava à mesa, ouviu o tiro.

Meu pai me fez um sinal discreto, chamando-me de lado. Ele sussurrou:

— Filha, tire os parentes da sala. Vão descer com o corpo.

Eu gelei e empalideci. Não havia pensado no corpo ainda.

— Vá. Seja forte. Não é uma boa cena.

— E Maurício?

— Não sei. Ele não deu notícias. Talvez, tenha feito uma viagem curta e não deve saber de nada ainda. Do contrário, tenho certeza de que já estaria aqui.

Mesmo me sentindo tremer, pedi as pessoas, umas vinte no total, parentes próximos de meu marido, que fossem para a outra sala.

Eu queria me abrigar em um lugar bem longe das escadas, mas não conhecia a casa direito. Levei discretamente minha sogra para a cozinha, para que ela não visse tirarem o corpo numa maca.

— Venha. Vamos até a cozinha tomar um café. Você e eu estamos precisando.

Minha sogra não se mexeu do sofá. Peguei-a pela mão, ela levantou-se, e eu a guiei até lá.

Meu pai esperava eu tirar minha sogra e as outras pessoas do local para mandar os carregadores da funerária entrarem, afinal, a cena seria terrível. Na cozinha, minha sogra continuou a narrar entre lágrimas:

— Subi correndo as escadas... — e começou a chorar compulsivamente, sem poder continuar a narrar.

Eu abracei minha sogra. A sensação de impotência me corroía.

— Pare. Não precisa me contar mais. Onde estão seus outros filhos? Na escola?

— Estão em um semi-internato. Eles saem às seis da tarde.

— Me diga em que escola estão. Pedirei para irem buscá-los.

Ela me disse onde os filhos estudavam, e eu pedi a um dos parentes para ir buscá-los. Um irmão de minha sogra, que morava nas vizinhanças, questionou-me com certa irritação:

— Onde está Maurício? A mãe dele precisa dele agora.

— Creio que foi fazer uma viagem curta a negócios. Não tenho como avisá-lo.

— Vai ser um choque para ele. Maurício era muito apegado ao pai, pois havia anos trabalhavam juntos e se davam bem. Não entendo como meu cunhado pôde fazer algo assim. É absurdo — comentou outro parente extremamente preocupado. — Mas o que aconteceu?

Ele queria que eu lhe contasse detalhes sobre o que acontecera, mas eu não queria falar, não naquele momento. Meu pai saiu, e eu sabia que ele fora providenciar o enterro.

O irmão de meu sogro estava em estado de choque e não entendia bem o motivo do suicídio. Ele não sabia da gravidade do mau negócio que meu sogro fizera e da possível falência total.

Eu queria muito saber o que ocorrera e avaliei que meu sogro se entregara à tragédia, enquanto meu marido lutava para evitar o pior. Lastimei a falta de companheirismo dele de me contar o que estava acontecendo e de me deixar ajudá-los.

Eram oito e meia da noite quando Maurício chegou à casa dos pais. Ele já sabia do ocorrido, pois fora para nossa casa e Ana relatara o ocorrido. Meu marido chegou transtornado, e notei que ele chorara provavelmente por todo o caminho. Ali tentava controlar-se.

Assim que vi Maurício, corri até ele e o abracei. Sabia que não poderia imaginar a dor que ele sentia.

— Onde está seu pai? — ele perguntou-me.

— Providenciando tudo. Não se preocupe com isso.

Levei Maurício para fora da casa, relatei tudo o que acontecera e perguntei:

— Onde você estava?

— Fui para uma cidade perto para tentar um empréstimo.

— Aqui perto, onde?

— Fui a São Paulo. Peguei um voo de manhã e voltei no da tarde.

Curiosamente, tive a sensação de que ele mentia. Questionei, e ele respondeu:

— Elizabeth, não interessa. Eu estava tentando nos salvar.

— Não estava não! — repliquei irada. — Se quisesse se salvar e salvar a vida do seu pai, era só me pedir.

— Ele foi fraco, e a culpa é minha?! Para ele, foi mais fácil pular da vida, errar e nos prejudicar.

Maurício estava gritando, e, provavelmente, os familiares do meu marido estavam nos escutando da sala.

— Acalme-se, por favor. Discutiremos isso depois. Meu pai já providenciou tudo.

— O enterro?

— Provavelmente. Meu pai, inclusive, cuidou da remoção do cadáver. O suicídio ocorreu essa manhã. Chegamos no meio da tarde, e o corpo ainda estava aqui, sobre a cama.

— Agradeço ao seu pai.

Queria pedir a Maurício que ele não fosse tão orgulhoso e lhe dizer que poderíamos ter evitado a tragédia, mas, se eu o acusasse naquele momento de tanta dor, só pioraria as coisas.

No meio da madrugada, o corpo de meu sogro voltou no caixão. Mais pessoas foram avisadas sobre a morte dele, e a casa se enchendo aos poucos.

Eu estava preocupada com meu filho e comentei com meu pai.

— Eu queria ter ido ver Marcos à hora do jantar, pois ele não está acostumado a ficar tanto tempo sem mim. Como posso, no entanto, arredar o pé daqui? Neste momento horrível, meu marido e a família dele precisam de todos os amigos à sua volta.

— Não se preocupe, filha. Estive lá e o coloquei na cama. Pedi a Ana que tomasse conta de Marcos mais amiúde. Parece que, mesmo sem saber o que ocorre, a criança está agitada.

— Obrigada, pai.

— Vá. Fique ao lado do seu marido.

— Pai, ele mentiu sobre o paradeiro dele. Maurício disse que foi a São Paulo, mas senti que ele mentiu. Ele alegou ter viajado para tentar um empréstimo.

— Não pense nisso agora. Depois, nós esclareceremos isso. Você terá problemas com ele, pois nenhum homem gosta de se sentir dependente.

— O que posso fazer?

— Por enquanto nada. Só tenha um pouco de paciência. Maurício é capaz e logo arranjará um bom emprego.

— Você não poderia arranjar um emprego para ele?

Meu pai sorriu, como se eu tivesse falado uma grande tolice.

— Seria como jogar o amor-próprio dele na lata de lixo. Desde quando vocês se casaram, ele cobre todas as despesas de casa, sabia?

— Ele me disse que iria ajudar e acreditei que isso fosse justo.

— Não só ajuda. Maurício faz questão de pagar tudo, e eu tenho deixado, pois sei que é importante para ele. A mim não faria diferença, pois pago apenas os impostos. É ele quem paga todos os empregados e agora não poderá mais fazê-lo. Pense, Elizabeth, em como ele está se sentindo.

Tentei avaliar e julguei que Maurício sofria à toa por isso. O que me custava sustentá-lo por uns tempos? Era uma situação de exceção. O fato de ele não querer essa ajuda significava o quê exatamente? Quebra de sua liberdade ou apenas falta de humildade para aceitar ajuda?

Capítulo 23

No dia seguinte, o enterro aconteceu logo de manhã. Eu estava exausta devido à tensão e às quase vinte e quatro horas sem dormir.

Perguntei ao meu marido se ele queria ficar um pouco mais com a família dele ou ir conosco, e Maurício decidiu ir conosco. Chegando em casa, tomei um banho longo para relaxar, e ele também tomou. Nós nos deitamos para descansar um pouco e acabamos dormindo. Acordamos no meio da tarde, ainda com a sensação de que os fatos ocorridos eram irreais.

— Vou à casa de minha mãe — ele me disse na cama ainda, e eu percebi que Maurício estava muito angustiado, o que era de se esperar.

— Vou com você.

— Não. Quero ir sozinho, conversar com ela, saber detalhes do que aconteceu. Vi meu pai todos os dias e não notei que ele pensava em fazer isso. Como não percebi?

— Não peça a ela para vivenciar tudo novamente. Eu já lhe contei o que ela me relatou. Deixe-a. Sua mãe precisa de consolo. E, por favor, não se sinta culpado de forma alguma.

— Mas preciso saber. Preciso entender.

— Maurício, não é hora para isso. Deixe passar alguns dias. Sua mãe está muito mais abalada que nós, pois ouviu o tiro, viu o corpo na cama... Vá, mas para consolar a todos e dar-lhes esperança. Toda a família deve estar se sentindo desamparada.

— Pobre pai! Deve estar no inferno agora — ele sussurrou com a voz embargada. — Creio que você tem razão. Sempre pensamos no pai como uma figura inexpugnável. Trabalho com ele desde meus dezesseis anos e sei que as pessoas o admiravam pelo espírito de liderança e comando. Aos poucos, percebi, contudo, que meu pai não era tão competente assim, que havia uma dose grande de mercado favorável e de sorte, mas isso acabou.

— Descanse um pouco mais. Você precisa estar bem para visitar sua família. Fique na cama. Vou lhe trazer algo para que coma.

Maurício voltou a deitar-se, e eu saí do quarto. Pouco depois, levei-lhe um lanche e o filho para animá-lo. Ele comeu, brincou com a criança e depois se levantou. Senti a angústia voltar nele. Maurício perguntou:

— O que faremos agora? Estou desempregado, falido e devendo a fornecedores.

— Você é competente e logo arranjará um bom emprego, com excelente salário.

Ele riu com decepção.

— De vice-presidente, filho do dono, nunca mais. Além disso, ainda tenho minha mãe e minhas irmãs para sustentar. Nosso padrão vai despencar. Mamãe tem joias que poderemos penhorar, mas o dinheiro não durará muito.

— Não sobrou nada? Nem a casa onde moram?

— Foi a única coisa que sobrou, mas tem um custo alto de manutenção. Teremos de vendê-la, antes que os credores a tomem. E quanto a nós, Elizabeth, não poderemos mais morar aqui. Não posso pagar.

— Não é preciso pagar por nada. A casa também é minha.

— Eu sinto muito, mas a casa é de seu pai. Pagando as despesas, eu me sentiria melhor, mas agora precisaremos nos mudar para algo mais modesto.

— Para onde?

— Não sei ainda.

— Maurício, precisamos de ajuda. Deixe meu pai nos ajudar. Temos um filho para criar.

— O filho é meu e viverá com o que eu possa lhe dar.

Meu pai me pedira para ter paciência, mas eu já estava me exasperando. Pensei, contudo, que não era mais o momento de discutir. Maurício continuou:

— Neste momento, não poderemos nem alugar uma casa, então, sugiro que moremos na casa de minha família. Colocarei a propriedade à venda, mas sei que levará um tempo até conseguir vendê-la. Ela é menor, só tem dois empregados, e com uma despesa acolho a todos.

— Não me sentirei bem lá, Maurício. Além disso, gosto daqui. Deixe de ser orgulhoso, meu pai o ajudará.

— Você parece mais esposa do que filha dele. Casou-se comigo e viverá onde eu possa pagar! — falou irado. — E pare de chorar!

— Não vou. Se quiser sofrer e passar necessidade, é uma escolha sua! Se não quiser trabalhar com ele, meu pai poderá lhe arranjar um emprego com algum amigo. Aceite a ajuda, Maurício!

— Elizabeth, não teime. Não vou me separar do meu filho.

— Há meses, você não olha para ele! E por onde você andou? Tenho certeza de que não foi a São Paulo! Estava na casa de outra, não é?

— Ora! Comece a arrumar nossas coisas. Vou falar com minha mãe e separar um quarto para nós. Minhas irmãs podem dormir no mesmo quarto.

— Você está surdo? Eu não vou, só porque você quer.

— Eu quero e estou lhe ordenando!

— Quem pensa que você é para me dar ordens?

— Seu marido!

— Não vou — afirmei desesperada, chorando e arrependida. Não era momento para discussão. Ele precisava de minha compreensão para passar por tudo aquilo.

Maurício saiu do nosso quarto, e eu abracei Marcos para me consolar.

Controlei-me, chamei Ana e pedi que ela levasse a criança para brincar no jardim. Era, contudo, tarde demais, pois a primeira coisa que Marcos fez, com seus quase dois anos de idade, foi contar ao avô que o papai queria nos levar embora, que eu não queria ir e que estava chorando.

Quando meu pai foi ao meu quarto, eu já não chorava mais. Ele entrou logo perguntando:

— Que história é essa de Maurício querer levá-la embora daqui?

— Quem lhe contou?

— Marcos. Creio que ele não entendeu direito, é só uma criança. Vocês discutiram?

Eu balancei a cabeça afirmando.

— Não é hora de tomar atitudes, Elizabeth. Seu marido está abalado com a morte do pai e com a falência. Filha, tenha paciência.

Falei tornando a chorar:

— Pai, ele quer que eu vá morar com a família dele. Disse que não pode mais pagar as despesas desta casa e que a família dele não tem como se sustentar sozinha. Indo para lá, reduziremos as despesas.

— Ele não deixa de ter razão, mas não quero que você vá. Sentirei muita saudade.

Abracei meu pai chorando. Conhecera aquele homem aos vinte anos e, naquele momento, tinha a sensação de que não podia mais viver sem ele. Meu pai era meu esteio.

— Maurício é orgulhoso. Se ele tivesse nos deixado emprestar-lhe dinheiro, teria evitado a tragédia.

— Não teria não, filha. Foi um negócio arriscado demais que os fez perder tudo. Os imóveis estão sendo leiloados. Fiquei sabendo que só a casa onde vivem está fora do acordo, mas os outros não cobrem toda a dívida. Pelo menos, o pai dele teve esse bom senso.

— Pai, não quero sair daqui nem deixá-lo. O que eu faço se meu marido for embora?

— Não sei. Pediria para se separar dele, mas não tenho esse direito. Tenho tentado viver com meu neto tudo o que me foi negado em relação a você, mas seria uma atitude muito egoísta de minha parte lhe pedir que abandone o marido que você ama. Seria cometer o mesmo erro cruel de minha mãe. O filho é dele, e, você, a esposa.

Um desespero assolava-me naquele momento, pois não queria morar na casa da minha sogra. Não tive, contudo, opção. Meu pai tinha razão. Eu amava meu marido muito mais do que julgara, e era a primeira vez que meu amor era colocado à prova. A tempestade chegara, e precisávamos passar por ela juntos.

Uma semana depois, eu me mudei. Marcos chorava e se agarrava ao avô, e eu só não fazia o mesmo, porque tinha a capacidade de controlar-me.

Estava muito triste e ia a contragosto para a casa de minha sogra. Temia viver lá, mas será que tinha motivos para isso? Muitos questionamentos surgiam na minha mente. Como uma atitude isolada de uma pessoa podia repercutir tanto na vida dos que a cercavam? O que levava alguém ao suicídio? Desesperança total? Vaidade extrema? Materialismo? Tirania?

Capítulo 24

Não foram necessárias muitas semanas para que eu percebesse que tinha motivos para temer. Minha vida tornara-se um inferno, e eu ainda precisava esconder isso de meu pai, para que ele não nos fosse buscar e nos tirar de lá à força.

A casa de meus sogros foi vendida com alguns móveis, mas uma parte considerável do dinheiro foi usada para pagar dívidas. Com o que sobrou, Maurício conseguiu comprar uma casa classe média, bem menor do que a que estavam acostumados. A nova residência ficou entulhada com tudo o que a família ainda tinha. Dos três quartos pequenos, um ficou para mim, meu marido e Marcos.

As irmãs de Maurício precisaram dividir o mesmo quarto e me tratavam como intrusa, esquecendo-se de que meu marido as estava sustentando.

Minha sogra só se lamentava e culpava o marido morto e o filho por tudo o que estavam passando. Já não podia gastar tanto quanto estava acostumada.

Maurício suportava a tudo como se fosse o culpado pelo que acontecera, ainda que todos soubessem que ele não era. Meu marido, inclusive, tentara impedir que o pai fizesse um negócio tão arriscado. Eu também percebia que nada de material realmente faltava à minha sogra e à família. O que eles possuíam mais do que bastava a qualquer um.

À noite, meu marido e eu íamos para nosso quarto, que ficava bem apertado com uma cama de casal, um guarda-roupa e o berço de Marcos. Não havia um banheiro interno, o que prejudicava um tanto nossa intimidade. Eu pouco me importava com isso, contudo. Fazia meses que não comprava roupas ou sapatos, mas para quê? Já tinha muito mais do que precisava. Parte do que eu possuía estava na casa do meu pai, não cabia ali.

Eu ajudava muito nos afazeres da casa, pois só tínhamos uma empregada. Não me importava de fazê-lo, mas minha sogra e as filhas não tiravam uma xícara da mesa. Elas ainda se comportavam como rainhas inúteis.

Todos os dias, eu rezava para que meu marido mudasse de ideia, que sobrasse algum dinheiro para pagarmos o aluguel de uma casa, mesmo que fosse mínima, só para nós ou que ele decidisse voltar para a casa de meu pai. Minha sogra não facilitava a vida de ninguém, com sua inutilidade e seus mil queixumes.

Maurício conseguira encontrar um emprego, mas, como tinha de sustentar toda aquela família de mimados, o dinheiro que ele recebia mal dava para todas as despesas e ainda me vigiava para que eu não pedisse um tostão ao meu pai.

Confesso que me desacostumara a viver limitada financeiramente como antes, contudo, não sofria ou sentia frustração por isso.

Escrevia para meus pais em São Paulo afirmando que estava tudo bem e, às vezes, me sentia culpada por estar mentindo, mas não queria de forma alguma preocupá-los.

Aos fins de semana, ia à casa de meu pai e sentia que ele estava triste e solitário. Nessas vezes, Marcos relutava em voltar para casa e se agarrava ao avô, a presença masculina a que estava acostumado. Maurício sempre estava ausente trabalhando e lutando para manter a todos.

Ocorriam muitas discussões na casa de minha sogra, principalmente entre as filhas. Nessas ocasiões, mais comuns do que alguém gostaria, eu parava o que estava fazendo, pegava Marcos e recolhia-me ao quarto. Sentia-me confinada.

Eu, no entanto, não reclamava. Tinha por meu marido respeito e admiração pelo esforço. Só Maurício parecia conseguir fazer algo útil, sem ficar discutindo e culpando os outros.

Era uma época em que não era comum uma mulher trabalhar fora, ainda mais uma mulher de classe alta.

Uma de minhas cunhadas começou a ter despeito de mim devido às minhas roupas e joias. Primeiro, ela pediu-me umas joias emprestadas para ir a uma festa, e eu as emprestei de bom grado. Depois, levou dias para devolver-me. Como tinham sido presentes de meu pai, pois eu nunca entrara em uma joalheria para comprar um anel, elas tinham um valor muito especial para mim, por isso tive de pedi-las. Eu só as emprestara e as queria de volta. Minha cunhada, então, retrucou que eu tinha muitas e que aquelas três não iam me fazer falta. Justifiquei-me:

— Foi meu pai quem me deu. Tenho um carinho muito grande por elas.

— Peça mais a ele. Seu pai é mais esperto que o meu pai e Maurício.

— Seu irmão tem trabalhado dia e noite para sustentá-las. Não seja mal-agradecida.

— É a obrigação dele, já que ele e meu pai nos faliram!

— Não foi Maurício, e você sabe disso. Foi seu pai quem teimou a fazer o negócio. Maurício não queria arriscar tanto.

— Isso é o que ele conta. Você é tão culpada quanto ele pela nossa situação!

— Eu?!

— Lógico! Poderia pedir dinheiro ao seu pai, que é multimilionário como o meu jamais foi.

— Ele não é multimilionário e, mesmo que fosse, não nos dá o direito de explorá-lo. E eu não farei isso!

— Burra! É isso é o que você é.

Suspirei para acalmar-me, pois não queria entrar naquela rotina de brigas a toda hora, afinal, nada ajudava na solução.

— Por favor, torno a lhe pedir que devolva minhas joias.

— Para quê, se você não sai para lugar algum?! Está enterrada aqui como gata borralheira e parece que gosta disso! Eu vou! Preciso delas!

— São minhas! Isso é roubo!

— Não é não! Você é minha cunhada e tem que me emprestar!

Discutíamos acaloradamente, quando meu marido chegou e intercedeu na discussão, tentando nitidamente controlar a raiva:

— Mara, devolva as joias de Elizabeth, senão cortarei sua mesada.

— Que mesada? Aquela miséria que me dá? Não posso nem comprar um vestido a cada mês.

— Eu não sou seu pai, Mara! Sou seu irmão. Se acha que é pouco, vá trabalhar!

— Eu? Nunca! Isso é para os pobres e...

— E nós somos o quê? Diga!

— O pai de sua mulher é milionário! Peça ajuda a ela, e você dirigirá todos os negócios dele.

— Não quero! Sou capaz de sustentar minha família. Devolva as joias, do contrário, desmontarei seu quarto à procura delas.

— Está bem! — gritou ela a todos os pulmões, irritadíssima.

Ela devolveu as joias, exceto uma pulseira. Preferi não reclamar, pois não queria piorar as coisas. Os dias foram passando, e as coisas só pioravam. Acabei ficando deprimida, sem clima de viver ali.

Todos eram materialistas, imediatistas e preocupavam-se apenas em aparentar. Queriam continuar desfilando como ricos para uma sociedade fútil, como dissera meu pai uma vez.

Muito tristemente, eu chegara à conclusão de que meu sogro se suicidara por dois motivos: egoísmo, pois não pensara no que seu ato causaria aos que o cercavam, e, tirania, pois não aceitara a situação que precisaria enfrentar.

Eu pensava que mudar de posição social era uma lição para eles, contudo, ninguém queria aprender com isso. Só Maurício fazia de tudo, mas para voltar a ter o que já tivera no passado.

Mudei de tática. Quando começavam a discutir, passei a sair para dar umas voltas. Levava meu filho para passear em uma praça localizada quase em frente à casa e o deixava correr livremente no gramado.

Dias depois da discussão que eu tivera com minha cunhada, notei que faltava um anel na caixa onde as guardava. Fiquei triste, mas não comentei nada sobre isso com ninguém. Dias depois, um bracelete sumiu.

Intimamente, eu tinha certeza de que minha cunhada estava roubando minhas joias. Pensei em contar ao meu marido, mas Maurício já lidava com muita pressão e cobranças.

Todos, inclusive minha sogra, queriam que Maurício ganhasse uma fortuna para continuarem a esbanjar dinheiro, contudo, ele era um empregado e a única obrigação que tinha era para comigo e com o filho. Quanto ao restante da família, quase todos adultos e acostumados a não fazerem nada, ele os sustentava por obrigação moral. Mas como abandoná-las?

Capítulo 25

Em um domingo em que iria à casa de meu pai para almoçar, Maurício não quis me acompanhar, o que não era novidade. Eu saí com Marcos, coloquei todas as minhas joias dentro de uma bolsa, decidida a pedir ao meu pai para guardá-las. Eu estava sendo roubada na casa onde morava e não tinha como escondê-las.

Marcos e eu seguíamos felizes para casa de meu pai, pois ficaríamos longe de toda aquela gente mesquinha, que estava sempre discutindo. Quando morava com meu padrasto, éramos pobres, mas dividíamos tudo e nos conformávamos em fazer uma roupa ou duas por ano. Minha mãe e eu costurávamos para toda a família e para alguns conhecidos para fazermos um dinheiro extra.

Minhas cunhadas e minha sogra tinham os armários abarrotados de roupas, sapatos e joias, mas Mara, a que mais reclamava, julgava, não sei por que, que o mundo lhe devia tudo. Ela acreditava que todos deveriam ser escravos de sua vontade e quando uma necessidade de Mara, por mais supérflua que fosse, não era atendida, ela gritava e esperneava, como criança pequena. Minha cunhada, contudo, já era uma mulher e acreditava que Deus criara o mundo para servi-la, tal era seu egoísmo.

Quando chegamos à casa de meu pai, meu filho saiu correndo à procura do avô. Lá ele se sentia à vontade, corria a casa toda e não se sentia tolhido ou com medo. Não havia gritos, discórdias e excesso de censura.

Enquanto Marcos subia as escadas à procura do avô, eu me sentei no sofá da sala. Queria voltar a viver na casa de meu pai, pois ali eu tinha paz. Por que meu marido tinha de ser tão teimoso? Ele poderia continuar a ajudar a família à vontade, afinal, eu nunca pediria que Maurício as abandonasse à própria sorte. Queria, ao menos, que pudéssemos morar ali.

Papai desceu as escadas com Marcos nos braços, aproximou-se e abraçou-me. Ele disse:

— Pensei que não viessem mais — comentou, observando-me e analisando-me.

— Eu só almoço com o vovô — falou Marcos com seus pouco mais de três anos de idade.

— E seu marido?

— Não pôde vir.

— Filha, você não tem estado bem, não é?

— Vô, todo mundo grita naquela casa, e a mamãe não gosta. Ela fica triste, me leva para a praça. Eu gosto da praça.

"Crianças...", pensei. "Naturalmente verdadeiras." Meu pai me olhou profundamente.

— Marcos, vá lá dar um abraço em Ana. Ela também tem saudades de você e quer um carinho.

Papai o colocou no chão, e Marcos saiu correndo para procurar por Ana.

— Venha, filha. Vamos conversar — disse carinhosamente.

Meu pai colocou o braço sobre meus ombros, e nós fomos ao gabinete. Ele pediu:

— Sente-se e me conte o que está acontecendo.

Eu me ative a contar-lhe sobre as joias e pedi para guardá-las no cofre.

— Elizabeth, isso é roubo. É muito grave. Hoje, essa moça rouba suas coisas, amanhã rouba de outro, e aí não ficará mais em família. Esse comportamento se acentua. Você deveria contar ao seu marido para ver se ele consegue dar um freio nisso.

— Como, pai? Tenho medo de que meu marido exploda ante tanta pressão. Todos cobram dele, pensam que ele é o pai que se foi. Maurício só tem obrigações comigo e com Marcos. Todas as mulheres daquela casa são adultas, e Mara é a pior. Pai, ela é mesquinha e egoísta, não divide e me odeia por precisar dividir o quarto com a irmã. Ela sabe que eu não queria morar lá.

Perdi o controle e fiz o que evitava fazer havia meses: comecei a chorar descontroladamente na frente dele.

— Tentarei convencer seu marido de que preciso dele na administração dos meus negócios — comentou meu pai, triste por ver meu estado.

— Ele não aceitará trabalhar para você, pai. Nem fale nada, por favor.

Augusto bateu na porta, e eu enxuguei as lágrimas rapidamente. Ele entrou e abraçou-me. Vi quando meu irmão trocou olhares com meu pai. Augusto não perguntou nada sobre meu estado, só perguntou sobre o sobrinho.

— Onde está Marquinhos?

— Deve estar com Ana — falei tentando manter a voz firme.

— Vou procurá-lo. Estou com saudades daquele pestinha.

Augusto saiu discretamente do gabinete, e eu consegui controlar-me. Meu pai me fez contar todo o resto.

— Filha, o que posso dizer? Só quero que saiba que estarei aqui para apoiá-la. Vá passar uns tempos em São Paulo. Sua família praticamente não conhece Marquinhos, e é um bom motivo para vocês se afastarem disso tudo.

Só mesmo meu pai pediria para eu ficar longe dele para me ver mais feliz.

— Não sei se temos dinheiro para isso, pai.

— Voltarei a lhe dar uma mesada. Parei, porque seu marido me pediu, e eu não queria ser ponto de discórdia. Agora, no entanto, a situação é outra.

— Falarei com ele. Se eu for, virei aqui para me despedir.

Saímos do gabinete, e durante o resto do dia procurei parecer feliz. Lembrei-me da mesada que meu pai me dava. Era quase o valor do salário que meu marido recebia naquele momento. Pensei que, somando as duas quantias, nossa vida melhoraria muito. Poderíamos ter uma casa só para nós.

À noite, Augusto nos levou de carro até a casa de minha sogra. Cansado de tanto correr e brincar pelos jardins, Marcos dormia em meus braços. Eu estava bem mais calma, mas sabia que aquela trégua não era duradoura. Quando eu entrasse na casa de minha sogra, minha paz findaria. Até o ar parecia contaminado pela discórdia constante.

Quando chegávamos à casa de meu pai, eu sentia a alegria dele, mas, quando saíamos de lá, eu sentia novamente o peso da solidão recair sobre ele.

Estava apreensiva, pois precisava falar com Maurício sobre a viagem para São Paulo e sobre a mesada. Eu passara todo o domingo fora. Às vezes, ele me acompanhava à casa de meu pai, mas percebi que era melhor ir sem ele. Sentia que teria mais liberdade para falar e conversar com meu pai e com irmão.

Durante todo o trajeto de volta para casa, fui me perguntando: será que eu havia me contaminado com o egoísmo que reinava na casa onde eu morava ou eu tinha o direito de procurar o melhor para mim e para minha família? O que eu estava fazendo ali, vivendo com pessoas com as quais não me identificava?

Capítulo 26

Cheguei em casa e encontrei uma discussão acalorada entre minhas cunhadas. Os gritos despertaram meu filho, que dormia em meus braços. Assustado, Marcos começou a chorar e a pedir:

— Quero morar com o vovô.

— Fique quietinho, filho. Vamos para nosso quarto — sussurrei, atravessando a sala rapidamente. Não queria participar daquilo.

— Mamãe, eu gosto de lá. Quero morar lá.

— Eu também, meu amor. Vamos. Papai está com saudades e nos espera.

Chegamos ao nosso quarto, e meu marido estava deitado na cama, com um olhar vago e fixo no teto. Coloquei nosso filho no chão, e ele correu para o pai para contar-lhe tudo o que fizera. Eu me ative a pegar as roupas de Marcos para lhe dar um banho e para tomar o meu depois. Os gritos da briga chegavam ao nosso quarto, mas tentei não prestar atenção ao que acontecia.

Fui até o banheiro, que estava ocupado. Minha sogra entrara e permanecera lá. Marcos começou a quase cair de sono, e ela não saía. Parecia que fazia de propósito. Já estava há quase uma hora lá dentro.

Não reclamei, mas Maurício, vendo o tanto que eu esperava, irritou-se e bateu na porta com força, fazendo-a sair. Novamente, uma discussão iniciou-se.

Totalmente desconfortável, entrei, dei banho em meu filho o mais rápido que pude, tomei o meu e saí. Nem isso eu podia fazer com tranquilidade. Até um banho precedia de uma discussão.

Depois que nosso filho dormiu, conversei com Maurício e pedi a ele para passar uns tempos em São Paulo.

— Elizabeth, não me deixe. Sem você, eu ficarei louco. Só agora comecei a conhecer minha família. Parece um ninho de cobras! Todos querem tirar tudo de todos. Hoje de manhã, Mara estava brigando com a irmã por causa de um vestido. Ela tem muitos, mas, ainda assim, quer tudo para si. É doentio!

— Maurício, eu não queria lhe contar... mas pedi a meu pai para guardar minhas joias no cofre.

Falei insegura, sem saber se deveria ou não contar o que estava acontecendo a Maurício, mas também pensei que meu pai talvez tivesse razão. Se eu não alertasse meu marido e ele não interviesse, o perfil de ladra de Mara talvez se acentuasse.

— Por quê?

— Algumas joias sumiram. Só lhe conto porque meu pai crê que meu silêncio estimulará a pessoa a fazer de novo e talvez fora do ambiente familiar, o que é mais grave ainda.

Maurício ficou pálido.

— Eram muito caras?

— Um pouco, mas o problema não é o valor e, sim, o ato.

— Darei um jeito de repor. Meu Deus, quem é essa gente?!

— Não é isso o que estou lhe pedindo, Maurício. O problema é o ato, entende? Quem roubou minhas joias amanhã poderá roubar de qualquer outra pessoa.

— Um membro de minha família roubando! Isso é demais para mim! Será que não caíram da caixa? Você olhou direito? — perguntou, procurando um motivo para não acreditar.

— Olhei, sim. Cheguei a desmontar a gaveta do guarda-roupa. Maurício, não quero ter de manter a porta do quarto fechada quando sair.

— Pobre Elizabeth... o que eu fiz a você? Estamos infelizes. Se meu pai ainda estivesse aqui, eu poderia me preocupar só com você e com nosso filho, mesmo em uma situação como essa.

— Maurício, meu pai voltará a me dar uma mesada.

— Não! Sou seu marido e tenho de sustentá-la.

— Você não está conseguindo, querido. Além de nós, há mais gente para ser sustentada. Você não é milionário.

— Eu sei disso. Não precisa me lembrar!

De repente, tínhamos perdido a calma e havíamos começado a discutir. Irada, eu comecei a chorar e decidi:

— Vou para a casa de minha família em São Paulo.

— Sua casa é aqui.

— Não é! Aqui, eu me sinto uma intrusa! Todos brigam com todos, e eu não aguento mais isso.

Marcos tornou a acordar assustado, e eu o peguei para acalmá-lo.

— Vê? Até ele está ficando neurótico neste ambiente.

Realmente parecia que o ambiente estava contaminado por um fluido ruim, que eu podia sentir e quase ver.

— Se você for, não precisa voltar — meu marido ameaçou.

— Só ficarei uns dias. Levarei nosso filho para conviver um pouco com os avós. E pensei ter ouvido que você precisava de nós.

— Eu me viro sozinho! — gritou.

Maurício saiu do quarto e bateu a porta.

— Que horror! Que gente! — desabafei comigo mesma.

Peguei o dinheiro que meu pai me dera e escondi muito bem. Não queria que o ladrão daquela casa o encontrasse.

No dia seguinte, bem cedo, fiz as malas, peguei meu filho e segui para São Paulo sem avisar a Maurício. Não me despedi de ninguém daquela família, afinal, nem a considerava como tal. Aquelas pessoas nem pareciam uma família. Não havia um mínimo de cordialidade entre eles. Lastimei que, na minha pressa, não me despedira de meu pai também.

Capítulo 27

Chegar a São Paulo foi um prazer. Marcos estava encantado e eufórico com o avião. Ninguém sabia que eu estava chegando. Na minha vontade de sumir dali e de viajar com calma, pensei que, se enviasse uma carta para avisá-los de minha chegada, todo o processo levaria uns quinze dias, então, decidi fazer-lhes uma surpresa.

Peguei um táxi no aeroporto e segui para casa. Quando cheguei, só encontrei mamãe, que nos recebeu emocionada. Ela só vira o neto recém-nascido.

— Que lindo ele está! E seu marido, filha? — perguntou sem muito interesse, entretida com o neto.

— Ficou. Precisa trabalhar.

Eu não contei nada a ela do que acontecia no Rio.

— Filha, por que não nos avisou? Iríamos buscá-la.

— Queria lhes fazer uma surpresa.

— Seu pai vai adorar. Ele vive falando que você nos esqueceu.

— Marcos estava pequeno demais para viajar, mesmo de avião. Agora, ficou um pouco mais fácil.

No fim da tarde, meu padrasto chegou em casa. Abracei-o emocionada. Que saudade imensa eu sentia dele e da paz que ele parecia emanar.

— Marcos, esse é o seu outro avô.

O garoto não estranhou e logo se deixou conquistar por meu padrasto. Depois, chegou meu irmão Rafael, que também ficou feliz com nossa presença.

Meu filho corria de lá para cá, excitado com todas as novidades. À noite, foi meu padrasto quem o colocou na cama que fora de Augusto. Eu fiquei hospedada em meu antigo quarto, que estava do mesmo jeito que eu deixara. Era como se estivesse esperando por mim.

À noite, sozinha, eu chorei baixinho. Não queria preocupar meus pais, mas queria minha paz de volta naquela casa simples, onde não havia pessoas discutindo por vestidos, joias, sapatos e perfumes.

Havia anos, eu não dormia sozinha. Marcos ficara entusiasmado com meu padrasto, e eu não tiraria o prazer dos dois. Meu padrasto tinha o direito de se sentir um avô pleno, afinal, ele conquistara esse direito.

Tive uma noite de sono como havia muito tempo não tinha. Acordei sentindo-me descansada e ouvindo meu filho correr pela casa. Alguém disse a ele:

— Não faça barulho. Mamãe está cansada.

Parecia a voz de meu padrasto, e eu pensei que devia ser cedo ainda. Virei para o outro lado e tirei mais um cochilo. Só acordei às nove e meia da manhã. Estava tão feliz em meu antigo lar que me esqueci do inferno da casa de minha sogra.

Meu filho e eu passamos dias maravilhosos em São Paulo. Meus pais nos levaram para passear, e Marcos estava extremamente feliz com toda a atenção e todo o carinho dedicado a ele. Meu filho, contudo, sentia saudade do pai e do outro avô. Eu lhe pedira para não falar das brigas que aconteciam no Rio, pois as pessoas ficariam tristes se soubessem. Marcos, então, não comentou nada.

Fiquei mais de um mês em São Paulo. Meus pais estranharam o fato de eu não escrever ao meu marido e nem receber cartas dele. Menti, sentindo-me uma falsa.

— Aproveitei que ele foi viajar a negócios, mas agora preciso voltar.

— Não quero ir, mamãe. Gosto desse vovô também — protestou Marcos, impetuoso como qualquer criança da idade.

— E da vovó, não gosta? — perguntou mamãe brincando com ele.

— Gosto! De você eu gosto.

Gelei, pois tive a sensação de que ele diria que não gostava da outra avó. Decidi interrompê-lo.

— Papai está com saudades, filho. Você não sente falta dele?

— Quero o papai — falou choramingando ao se lembrar do pai.

— Não chore. Amanhã à noite, você o verá.

Passei aquela noite decidindo se iria para a casa de meu pai ou se voltaria para a da minha sogra. Sentia muita saudade de Maurício, o amava, mas, só de pensar em voltar para aquele caldeirão de futilidades, desesperava-me. Estava decidida a pedir a meu marido que me deixasse pagar o aluguel de uma casa, nem que fosse bem pequena, só para nós três. Era a única solução para ter paz.

No aeroporto, todos nós choramos. Eu sabia para onde precisava voltar e que aqueles dias foram apenas uma trégua, como os domingos em que passávamos na casa de meu pai. Minha mãe e meu padrasto choravam por nos ver partir.

O garoto também relutava, pois também não queria voltar para aquela casa onde era tolhido e onde diziam que ele incomodava.

Telegrafei ao meu pai dizendo a hora em que chegaria ao Rio. Não avisei meu marido nem a família dele sobre meu retorno. Relutava em voltar e, no caminho, tentava decidir o que fazer. Se Maurício não me deixasse alugar outra casa, eu me separaria dele, apesar do meu amor e de todo o preconceito direcionado a mulheres separadas naquela época. Não ia viver nem sujeitar meu filho àquela casa de gladiadoras e àquele inferno novamente.

Cheguei ao Rio, e meu pai já me esperava no aeroporto, como nos velhos tempos. Abracei-o, e depois papai pegou Marcos nos braços e levou-o até o carro. Durante o trajeto, meu filho contou suas aventuras em São Paulo.

No carro, meu pai me olhou gravemente e perguntou:

— Filha, para onde eu os levo?

— Não sei, pai.

— Vou levá-la para a casa de sua sogra. Depois que decidir o que fazer, eu a ajudarei no que precisar.

— Vou pedir a meu marido que me deixe alugar uma pequena casa. Se ele não aceitar minha proposta, vou me separar dele, pai.

Tentávamos conversar sobre o assunto, sem que Marcos percebesse do que se tratava.

— Pense com calma para não se arrepender. Seu marido é um bom homem, filha. Ele a ama e ama Marcos.

— Pai, eu sei, mas a família dele é um inferno. Aquela casa parece uma arena de gladiadoras. Elas estão sempre se xingando, se agredindo, e o ar fica irrespirável. Até meu filho fica diferente. Até ele fica irascível.

Meu estômago doía, enquanto seguíamos para a casa de minha sogra. Quando chegamos, meu pai entrou um pouco, agindo como um guardião. Vi todos o acolherem e o bajularem falsamente e senti que Mara se oferecia para meu pai. Ri discretamente. Se ela pensava que o enganaria, estava perdendo tempo, afinal, ele conhecia de sobra a falsidade de gentilezas interesseiras.

Meu pai não ficou mais que quinze minutos na casa. Insistiram para que ele ficasse para o jantar, mas ele alegou ter um compromisso e saiu. Abraçou-me na porta de saída e sussurrou ao meu ouvido.

— Decida-se. Eu a ajudarei de uma forma ou de outra. Não vou pressioná-la ou decidir por você, filha. Dê um passo em qualquer direção e saiba que, se precisar, estarei sempre ao seu lado para ampará-la.

Beijei-o na face, e ele ainda me deu um último adeus.

— A cada dia que vejo seu pai, o acho mais bonito — comentou Mara assim que entrei na casa.

Pensei: "A conta bancária de meu pai é que é bonita para você", porém, não disse nada. Acabara de chegar de viagem e queria descansar.

Tomei um banho e banhei meu filho. Tentava acalmá-lo para que dormisse, quando Maurício chegou.

Ele abraçou-me e contou-me de suas saudades. Ao ouvir a voz do pai, a criança pulou do berço e quase caiu. Queria contar as novidades e falou até cair, literalmente, de sono. Meu marido, então, o colocou no berço e me disse:

— Elizabeth, se não voltasse, eu iria buscá-la. Não aguentava mais de saudades de vocês. Por que não me pediu para buscá-los no aeroporto?

— Não quis atrapalhá-lo, e você sabe que papai faz isso com um imenso prazer.

— Eu também faria, você sabe.

Descemos para o jantar. Todos já haviam jantado, e eu fiz algo para nós dois comermos na cozinha. Que delícia! Só nós dois. Aproveitei o momento de saudade e pedi a ele para morarmos em outra casa. Teimosamente, ele não concordou.

— Não posso pagar, Elizabeth. As despesas desta casa já pesam muito.

— Maurício, eu lhe imploro... deixe o orgulho de lado. Eu pago o aluguel. Nós estamos infelizes aqui, e eu me sinto como intrusa. Você pode continuar a sustentar sua família. Eu quero pagar o aluguel de outra casa e os impostos. Pense bem. Só nós três! Merecemos isso. Não me importo de morar em uma casa pequena, sem luxos.

Abracei-o quase implorando, e ele sentou-me em sua perna.

— Querida, me desculpe por tê-la arrastado a isso. Essa situação não estava nos meus planos, mas não aceito ser sustentado pelo seu pai. Não vê que isso me faz mal, me sentir incompetente?

— Você não é. E não será sustentado por meu pai. Só pagarei o aluguel de uma casa pequena, com mobília simples. Ou podemos buscar nossa mobília, que está na casa de meu pai.

— E você crê que caberia a cama e o guarda-roupa de nosso quarto em uma casa pequena?

Suspirei. Ele tinha razão.

— Não me importo. Por favor — implorei.

Estávamos nos beijando, quando Mara entrou na cozinha e nos ridicularizou:

— Que cena romântica!

— Somos casados — falei de forma divertida.

— Pensei que havia esquecido, afinal, fugiu por um mês! Seu marido já estava procurando outra! — afirmou maldosamente, enquanto pegava um copo de água.

Olhei para Maurício e disse:

— Vê como tenho razão?

Ele olhou para a irmã e respondeu:

— Tem, sim. Pode procurar.

— Procurar o quê? — perguntou Mara curiosa.

— Nada que seja de sua conta — ele respondeu rispidamente.

Maurício pegou-me pela mão, e nós fomos para o quarto. Eu estava feliz, pois finalmente sairia dali. Será que meus dias difíceis terminariam? Até que ponto toda aquela discórdia influenciara meu marido?

Capítulo 28

Logo de manhã, saí para procurar uma casa. Queria algo no centro, pois, assim, não ficaríamos muito longe da empresa onde meu marido trabalhava, o que lhe facilitaria a vida.

Não encontrei nada disponível e no outro dia também. Não havia nenhuma casa simples como eu queria. Procurei por toda a semana e nada. Parecia castigo. No domingo, fomos almoçar com meu pai. Augusto estava viajando a negócios.

Consegui ficar a sós com meu pai e contei-lhe que estava procurando uma casa para alugar. Um lugar simples, mas decente. Ele sorriu, sentindo minha felicidade.

— Ótima solução, filha! Aliás, é a ideal. Vou procurar uma para vocês.

— Pai, você é um anjo.

Ele corrigiu:

— Não! Vocês são.

Na terça-feira, recebi um bilhete de meu pai. O homem que levava o bilhete me mostraria uma casa. Troquei-me rápido e saí levando meu filho. Minha sogra não gostava de ficar com ele e reclamava que Marcos fazia muito barulho e mexia em tudo.

Adorei a casa e, mesmo sem falar com Maurício, fechei negócio. O imóvel precisava de uma pintura, e o corretor disse que o fariam. Não tínhamos mobília. Só possuíamos a cama de casal, que estava no quarto da casa de minha sogra.

Pensei em um pequeno guarda-roupa e no berço de Marcos, que também já tínhamos. Compraríamos uma mesa e um fogão e aos poucos mobiliaríamos o resto da casa.

Eu queria abraçar meu pai, dizer-lhe mil vezes obrigada e questionei-me: "Como ele conseguira tão rápido?". Eu andara a semana toda e não encontrara nada.

No sábado, levei Maurício para vê-la, e ele estranhou o tamanho bem menor do que estava acostumado. Eu aleguei:

— Estamos reduzidos a um quarto na casa de seus parentes, Maurício, e você não quer morar na casa de meu pai... nos sobra esta opção. É suficiente para nós três. Com o tempo, alugaremos ou compraremos uma melhor.

— Ela está ótima! O aluguel deve ser barato e é perto de tudo — concordou ele

Abracei-o cheia de felicidade e contei:

— Já pedi para prepararem o contrato. Não se preocupe, o aluguel é por minha conta.

Percebi que esse arranjo ainda o desagradava, mas nada podia ser feito, e ele sabia disso.

Quando o contrato chegou à minha mão, gelei. Meu pai comprara a casa para mim. Maurício ficaria irritadíssimo, e eu preferi não dizer nada. Queria que meu filho crescesse em um lugar de harmonia e amor, como o lar ao qual eu pertencera.

No dia seguinte, comprei um bom fogão, uma mesa e quatro cadeiras. Tinha dinheiro também para o restante da mobília da sala, mas preferi não comprá-la de vez.

Trouxemos nossa cama, o guarda-roupa e o berço de Marcos da casa de minha sogra. O berço já estava ficando pequeno e logo meu filho precisaria de uma cama.

Fazendo a mudança, percebi que todos respiravam aliviados. Minha sogra e minhas cunhadas não gostavam de minha companhia, e eu não gostava delas. Na nova casa, o ar parecia mais leve, mais respirável.

Papai foi nos visitar e elogiou a casa, como se a estivesse vendo pela primeira vez. Intimamente, eu tinha certeza de que ele fora inspecionar o local antes mesmo de pedir para me mostrarem.

Meu pai não comentou a ausência de móveis na sala ou de outra coisa qualquer, e ficamos horas na cozinha conversando. Ele podia me entender e saber de minhas necessidades, mas logo compreendeu que Maurício não vira o contrato de compra e venda que eu guardara bem escondido.

Com minha mesada, eu, discretamente, ajudava em casa. Fazia compras, inclusive comprava roupas para meu marido e comentava o preço das coisas. Dizia que pagava bem mais barato do que realmente pagava.

Quase todo o salário de Maurício ia para a família. As três mulheres não faziam nada, e minha sogra e Mara eram as mais exigentes.

A única coisa que eu queria era não ser problema para meu marido, pois ele já fazia muito pela família. Até onde iam as obrigações dele com as irmãs? Pois com a mãe eu sabia que tinha todas. Muitas vezes, eu me questionava se o que Maurício fazia era realmente o correto ou se eles as estava estimulando a serem parasitas.

Capítulo 29

Um ano depois da nossa mudança, a irmã mais nova de Maurício casou-se. Eu rezava para que Mara também se casasse, mas nada acontecia. Ela queria um homem rico, mas sofria a pecha de filha de pai falido, era exigente e egoísta, e os homens, fossem ricos ou não, se afastavam dela.

A casa em que eu morava tinha um bom terreno, e eu queria fazer algumas reformas, mas como? Meu marido pensava que a propriedade era alugada, e eu ainda temia contar-lhe a verdade. A mentira me incomodava muito, e eu não gostava disso, mas o que podia fazer?

Um dia, Maurício chegou felicíssimo em casa. Ele recebera uma proposta de emprego, em que ganharia quase o triplo em outra empresa. Eu sabia que ele era capaz, contudo, intuitivamente, senti o dedo de meu pai naquela notícia. Decidi mais uma vez ficar quieta.

Meu pai era discreto. Se Maurício não queria ajuda, não iria tê-la. Se quisesse, poderia ter evitado aquele um ano e meio de inferno na casa de minha sogra. Meu marido disse sorrindo:

— Elizabeth, querida, agora, nós poderemos juntar dinheiro para comprar uma casa! Quem sabe esta casa? Fazer umas reformas! Se o dono autorizar, poderíamos aproveitar que o terreno é grande para aumentar o quarto, fazer outro, melhorar a cozinha.

Eu sorri, sem querer demonstrar minha excitação.

— Calma, vamos ver.

Uma semana depois, Maurício começou a trabalhar no emprego novo. Feliz, ele seria assistente do vice-diretor. Nós continuávamos nosso ritual de almoçarmos na casa de meu pai aos domingos, de passar o Natal com ele e o ano-novo em São Paulo com minha família. Muitas vezes, meu pai também vinha nos visitar.

O que eu e outras pessoas não entendiam era por que meu marido sustentava a mãe e a irmã em uma casa que era três vezes maior que a nossa e por que elas ainda se julgavam no direito de nos olhar de cima, como se fossem superiores.

Depois do casamento da irmã mais nova, Maurício sugeriu à mãe e à irmã que vendessem a casa onde viviam e comprassem uma menor. Minha sogra gritou que preferia morrer a morar num cubículo, que já se sentia humilhada demais etc.

Se meu marido parasse de sustentá-las, passariam fome, pois não sabiam fazer nada. Elas tinham uma empregada, e eu não. Eu era feliz com o que tinha, elas não. Estavam sempre inconformadas e pareciam abutres, sempre querendo mais.

Comentei minha preocupação com meu pai. Maurício queria comprar a casa que já era nossa, então, o que fazer?

— Você terá de contar a ele, filha. Ou, então, diga que fará o negócio.

— Pai, detesto mentir. Essa mentira já me pesa muito.

— Eu sei, filha, só que seu marido quer ignorar que você é herdeira de uma fortuna. Até quando o orgulho dele conseguirá esconder isso?

— Pai, o que faço?

— Quer que eu fale com ele? Direi que você não sabia. Me dê o contrato de compra e venda. Direi que eu recebia os aluguéis.

— Pai, foi você quem arranjou o emprego para ele, não foi?

— Elizabeth, fiz de tudo para não me meter na vida de vocês. Queriam uma casa pequena, e eu lhes dei. Poderia e queria lhes comprar uma mansão, mas seu marido ficaria infeliz de não poder sustentá-la, não é?

— É.

— Três anos sofrendo já são demais. Ele provou que merece confiança e que é capaz. O dono da empresa é meu amigo e realmente precisava de alguém capaz e de confiança. Apenas indiquei seu marido. O restante foi por conta dele. Maurício prosperará pela própria vontade e pelo próprio esforço.

— Pai, querido... — falei.

Eu não conseguia expressar meu agradecimento.

— Quanto à casa, diga a ele para não comprá-la. Diga que prefere comprar uma maior mais para frente. Será melhor, não crê?

— Tem razão. Falarei dos transtornos de uma reforma conosco dentro.

Eu não gostava de mentir, mas meu marido era teimoso e tentava esconder de si mesmo que eu era herdeira de uma fortuna. E quando meu pai morresse? Como faríamos? Papai treinara Augusto, mas eu desejava ter meu marido à frente dos negócios dos quais não entendia nada.

Dias depois, conversei com Maurício e argumentei que seria melhor comprar outra casa. Ele teimou um pouco, mas acabou concordando com meu argumento de que reformas sempre causam transtornos.

Dois anos depois, compramos uma casa melhor e maior. Discretamente, eu completei o dinheiro em um acordo à parte com o proprietário, mas me sentia desconfortável com isso. Maurício comentava intrigado:

— A casa está muito barata! Que ótimo negócio!

— O dono tem pressa. Quer se livrar dela logo, pois precisa do dinheiro.

Meu marido estava feliz com uma mentira, e eu sentia remorsos e queria lhe contar a verdade. Quase metade do valor eu combinara de dar à parte, antes mesmo de Maurício falar com o proprietário e fechar o negócio.

Quando fui ver a casa, pedi ao proprietário que não contasse a ninguém o valor real da casa, pois poderiam estragar o negócio, e ele concordou. No contrato, saiu o valor que meu marido pagara. Estávamos preparando a mudança, quando a mentira veio abaixo.

Alguém conhecia a esposa do dono, que, confidencialmente, contara sobre o acordo a uma amiga. Essa mulher conhecia minha sogra e confidenciou-lhe o arranjo. Por fim, meu marido acabou sabendo de tudo.

Maurício chegou em casa cuspindo fogo e questionando se aquela história era verdade. Eu não quis mais mentir e confirmei.

— Vou desfazer o negócio! — gritou ele totalmente entregue à ira.

— Você não pode, Maurício. O contrato já está registrado em cartório.

— Por que mentiu para mim?

— Se lhe contasse a verdade, você me deixaria pagar uma parte da casa?

— É lógico que não!

— Vê? É puro orgulho, Maurício! Até quando vai mentir para si mesmo? Sou rica! Sou milionária, e veja onde vivo! — gritei e acabei falando demais. A raiva nunca é boa conselheira.

— E eu? Um falido! É isso que quer dizer?

— Maurício, olhe para esta casa! É pequena, só temos um quarto... e por que moro aqui? Você sabe? Tenho uma mansão! Só meu quarto é quase do tamanho desta casa!

— Então, vá! Se for isso o que quer, vá para a casa de seu pai milionário, que não soube de sua existência até seus vinte anos de idade!

— Mas ele me ama agora, é meu amigo e tem me ajudado muito.

— Tornando-a mimada!

— Mimada é sua irmã, que até me roubou joias! Tive de guardá-las no cofre de meu pai, pois, do contrário, teria me roubado todas!

— Vá viver com seu pai! Não a quero mais aqui! Revenderei a casa e ficarei nesta aqui! Pagarei o aluguel, renovarei o contrato!

— É minha também... — falei quase em um sussurro.

— O quê?!!! — ele gritou a plenos pulmões.

Assustado, nosso filho há muito não via uma briga naqueles termos. Marcos agarrou-se a mim chorando, e eu continuei gritando e cuspindo toda a frustração acumulada.

— Minha! Minha! Eu me sujeitei a tudo para ficar com você, porém, estou cheia! Suportei sua família na falência, a mesquinhez daquelas pessoas, mas agora chega! Vou para a casa do meu pai, pois ele me entende e sabe de minhas necessidades. Você é idiota demais!

— Ainda bem que não devo nada a ele! Se tenho um emprego melhor, foi graças a mim mesmo!

— Idiota! — observei no meio da raiva, impensadamente.

Virei as costas e fui para o quarto. Estava decidida a não viver mais com aquele homem. Troquei meu filho e saí de casa. Buscaria o resto de minhas coisas depois.

Peguei um táxi na praça e, no caminho para a casa de meu pai, chorava de raiva pela teimosia e pelo orgulho de meu marido. Eu queria ajudá-lo e podia, então, por que ele não permitia? Que culpa eu tinha de o pai de Maurício ter falido? Parecia-me que eu pagava o pior preço, privando-me sem necessidade de tudo, conformando-me em ficar com a mínima parte do salário dele, enquanto ele sustentava aquela maldita irmã e a mãe, morando bem melhor do que nós e com uma empregada, enquanto eu era obrigada a fazer tudo em minha casa. Eu não reclamava, sentia prazer em ser útil, em cuidar de minha família, mas queria muito ajudá-lo, e ele não permitia.

Cheguei à casa de meu pai ainda chorando, mas ele não estava. Augusto me recebeu e, ao me ver de mala na mão, deduziu que algo grave acontecera. Ele, então, levou Marcos a Ana, que o conduziu ao quintal para que pudesse brincar.

Deixei a mala na sala, e fomos ao gabinete de meu pai. Aos prantos, narrei o que vinha acontecendo, e Augusto fez de tudo para me acalmar.

— Seu marido perceberá que você só quis ajudá-lo. Não se preocupe... Em uma semana, a raiva passará, e logo vocês estarão bem na casa nova. Sinto que vocês se amam, atravessaram um mar revolto e estão saindo vitoriosos. Acalme-se e confie no amor de Maurício.

Quis muito me agarrar a essas palavras de Augusto, mas um alarme soava dentro de mim de que era o fim.

Poucas horas depois, meu pai chegou em casa. Eu já estava bem mais calma e não precisei lhe contar a história. Só de me olhar, ele adivinhou o que tinha acontecido e disse desconsolado:

— Seu marido não é esperto, do contrário, teria visto há muito tempo que você o ama verdadeiramente. Ele acordará, Elizabeth, não se preocupe. Não fique assim tão triste e torturada, filha. Venha. Vá para seu quarto, que é e sempre será seu.

Subi as escadas e fui para meu quarto. Alguém já havia levado minha mala até lá. Tomei um longo banho, sem me preocupar com meu filho. Lá, ele era sempre bem cuidado e não era xingado ou maltratado.

Quando procurei Marcos, ele já estava alimentado e limpo. Coloquei-o para dormir comigo na cama de casal. Em pouco tempo, ele já ressonava. Eu, contudo, não conseguia dormir.

Chorava ante a separação que parecia sem volta. Eu amava meu marido, mas ele parecia se preocupar apenas em rejeitar minha ajuda. Tarde da noite, sentindo-me exausta, consegui dormir.

Augusto estava noivo e já marcara a data do casamento. Como ele saía quase todas as noites, meu pai e eu voltamos a jantar sozinhos como nos velhos tempos. Ele voltou a levar-me para jantar e dançar. Enquanto isso, eu rezava para que a raiva de Maurício passasse e para que ele viesse me buscar para irmos para a casa nova. Eu sentia que meu marido me amava, mas será que amava o suficiente? Às vezes, eu acreditava que sim, contudo, às vezes, acreditava que não.

Todo mundo tem seus altos e baixos na vida. Aqui não é o paraíso, e todo mundo precisa de amigos, que só são verdadeiros quando nos estendem a mão no momento de necessidade. Mas por que algumas pessoas se sentam no trono do orgulho e, por mais necessitados que estejam, rejeitam ajuda?

Capítulo 30

Dois meses se passaram, e Maurício nem sequer apareceu para visitar o filho. A criança sentia saudade dele e chorava pedindo para ver o pai. Eu me condoía com a situação.

Quando completaríamos três meses de separação, resolvi procurá-lo. Fui até a casa onde vivíamos e a abri. Tudo estava empoeirado, imóvel, como se ninguém passasse por lá havia meses. Pensei que certamente ele não estaria na casa nova. "Deve estar na casa da mãe."

Pensei em desistir de procurá-lo, pois encarar Mara e minha sogra seria exigir muito de mim. Eu estava com meu filho, então, acreditei que seria melhor ir lá no dia seguinte, sozinha.

No dia seguinte, fui ansiosa e temerosa à casa de minha sogra. Queria notícias de meu marido e rezava para que não me omitissem o paradeiro de Maurício. Fui logo de manhã, e minha sogra, da porta, sem me convidar para entrar e com muito desprezo, me disse que ele viajara.

— Para onde? Poderia me dizer?

— Não sei. Deixou-nos dinheiro e disse que passaria uns tempos fora. Deve voltar logo, pois o dinheiro já está acabando, e ele deve saber disso.

Nada mudara. Ela só se preocupava com o fato de o dinheiro estar acabando. Saí decepcionada, mas nem sei por quê. Não esperava nada diferente dela.

À noite, falei com meu pai, e ele me disse sem muita vontade:

— Filha, ele pediu demissão do emprego.

— Pai, por que não me contou?

— Não sei. Para não aumentar sua infelicidade.

— Pai, a mãe de Maurício não sabe do paradeiro dele. Ele conseguiu vender a casa nova?

— Posso verificar amanhã, mas, sem sua assinatura, acho pouco provável. Só se ele fez um contrato de gaveta, o que é arriscado para o comprador.

No dia seguinte, eu mesma verifiquei se ele vendera a casa. Maurício tinha uma residência no nome dele, fechada, uma esposa que o amava, um filho que chorava por ele e simplesmente desaparecera.

Com briga ou não, eu pensava que deveria ter ficado com ele. Avaliei e comecei a arrepender-me. Naquele momento, eu não percebia que o que meu marido fazia era exercer tirania, querendo que eu aceitasse suas regras sem pestanejar.

Quase quatro meses depois, minha sogra foi me procurar e pedir dinheiro emprestado. Maurício não lhe mandara mais nada, e ela realmente não tinha ideia de onde ele estava.

Dei-lhe a quantia que Maurício costumava lhe dar e vi que ela contou o dinheiro desapontada. Certamente, esperava mais de mim, pois, afinal, eu era filha de um homem que tinha muito dinheiro. Minha sogra não tinha escrúpulos em meter a mão no bolso alheio.

Resolvi que não daria mais que aquela quantia à minha sogra e sabia também que ela viria todo mês, como se fosse minha obrigação sustentá-la. E o pior é que eu, em meu íntimo, julgava que realmente deveria mantê-la. Por quê? Eu não sabia. Não gostava delas e não lhes devia nada. Tirei dinheiro da minha mesada. Àquela altura, eu não percebia que estava estimulando o mau caráter de minha sogra e de minha cunhada, mas deixá-las passar necessidade me faria muito mal, eu sabia.

Seis meses depois, pedi ao meu pai para procurar Maurício, pois nem ao filho ele mandara notícias. Eu não conseguia acreditar que meu marido não estivesse com saudades, se não de mim, da criança. Passei a rezar por Maurício todas as noites para que ele tivesse juízo e voltasse para casa. Eu o receberia de braços abertos, com todo meu amor e toda a minha saudade.

Eu tinha a sensação de que minha cunhada, a que se casara, não ajudava a família, embora o marido fosse bem abonado.

Preparei-me para sustentar minha sogra e Mara, minha cunhada, sem permitir, contudo, que me explorasse pelo resto da vida. Não aumentava a quantia nem quando minha sogra me lançava indiretas e histórias tristes, que eu sabia não serem verdadeiras.

Quando isso acontecia, meu pai até saía de perto tamanho era o ódio que ele sentia do sorriso falso e bajulador que minha sogra lhe dirigia. Ela nem perguntava por Maurício ou pelo neto.

A meu pedido, meu pai contratou uma pessoa para procurá-lo. Ele não podia ter desaparecido assim, no nada. Mil coisas poderiam ter acontecido ao meu marido.

Escrevi para minha mãe e meu padrasto para contar-lhes sobre o desaparecimento de meu marido. Sabia que meus familiares ficariam preocupados e pesarosos, mas não podia esconder deles essa tragédia.

Pensar em Maurício torturava-me. Por que ele não aceitava o emprego, sem orgulho e afetações? Augusto fora humilde, aceitara de bom grado a mão que lhe fora estendida e era agradecido ao meu pai. Não era esmola. Meu irmão era capaz e provava isso no dia a dia, fazendo o melhor e aperfeiçoando-se. Ele tornara-se o homem de confiança de meu pai, seu braço direito.

Augusto casou-se, e minha família de São Paulo veio assistir ao casamento. Foi um prazer revê-los. Novamente, senti a vontade de meu pai e de minha mãe correrem um para o outro e os invejei. Se me amasse daquele modo, Maurício não teria desaparecido, abandonando-nos daquela forma. Ele amava mais o próprio orgulho do que a nós: Marcos e eu.

Enquanto meu irmão se casava, eu chorava, recordando-me do quanto estava feliz no dia do meu casamento. Abraçado a mim, no altar, meu pai sabia por que eu chorava. Não era de emoção pelo casamento de Augusto, mas pela minha vida que desmoronava.

Augusto não iria mais morar conosco. Sentiríamos muito sua falta, mas ele tinha uma vida para construir. Havia algum tempo, comprara uma casa e planejara o casamento por dois anos. Tudo foi impecável. Só lhe restava ser feliz.

Assim como eu, Augusto viera de uma família humilde, mas não era isso que o regia, era a humildade de alma. Ele sabia dar e receber e, ainda, dar valor ao que tinha realmente valor.

Ele não era, contudo, acomodado. Era um homem dinâmico, estudioso e contentava-se com o que conseguisse obter honestamente. Amava meu pai como eu o amava. Assim como eu, Augusto também tinha dois pais magníficos.

Durante a recepção na casa de meu pai, eu estava tão triste que meu padrasto não me largava. Ele também se sentia impotente para fazer algo. Esqueci-me até de tomar conta de meu pai e de minha mãe e evitar o encontro que eu sempre temia.

A festa acabou, e todos se foram. Um peso enorme tomara minha alma. Eu tentava não imaginar que meu marido pudesse ter escolhido o mesmo caminho que o pai: o suicídio.

Eu queria acreditar que Maurício era mais corajoso que o pai e que nosso barco não afundara. Que estávamos navegando em um mar revolto, flutuando sob uma tempestade terrível, apesar do tempo que já se passara.

Marcos já não dormia mais comigo e tinha um quarto só para si. Meu filho crescia, e o pai o estava perdendo. Ele já não pensava ou perguntava por Maurício. Tudo era para o avô. Esquecido do pai, meu filho corria feliz para o avô e brincava o tempo todo com ele.

O detetive ainda procurou Maurício por quase dois anos. Depois, desisti de tentar encontrá-lo e pedi ao meu pai que parasse as buscas.

— De jeito nenhum, filha. Não desisti de você. Foram necessários mais de três anos para encontrá-las. Essa fase passa. Pense no quanto eu teria perdido se tivesse desistido de vocês. Quando finalmente a encontrei, pensei em voltar atrás devido ao medo que eu sentia de que me odiasse e rejeitasse.

— Pai, ele deve estar morto. Tenho certeza de que Maurício nos amava muito.

— Não está. Não foi encontrado ninguém com o nome dele nos necrotérios do Rio, de São Paulo e cercanias.

— Como sabe?

— Querida, hospitais e necrotérios são os primeiros lugares em que o procuraram logo nos primeiros quinze dias.

— Você o estava procurando logo nos primeiros quinze dias?

— Desculpe, filha, estava sim. Não entendo como alguém, por pior situação que esteja enfrentando, prefira abandonar a família. Prefira abandoná-la e deixar para trás aquela linda criança, que é tudo que preenche meus dias.

— Talvez ele não nos amasse o suficiente, como eu acreditava, pai — falei chorando.

— Talvez — respondeu meu pai me abraçando. — Vamos encontrá-lo, não se preocupe.

— Não sei para quê. Meu amor se escoa. Ele preferiu o orgulho, a vaidade, a nós.

— Calma! Não o julgue, filha, pois não sabemos o que aconteceu — ponderava meu pai, tentando diminuir meu sofrimento e me dar esperanças.

Estava lutando para me acostumar à ideia de nunca mais vê-lo, e, todas as vezes em que a palavra abandono surgia em minha mente, era como se uma faca atravessasse meu corpo.

Sabia que as pessoas à minha volta sofriam muito com meu sofrimento, por isso, procurei não expressar o que sentia, afinal, não era algo útil a ninguém. Não queria me tornar amarga, existindo só na dor da perda.

Agora, entendia plenamente minha mãe, que venerara a memória de meu pai como morto, e o choque que ela tivera ao vê-lo vivo depois. Mas será que Maurício chegara a me amar o suficiente para atravessar os tornados que surgem na vida? Quanto amor e quanta abnegação são necessários para durar tanto tempo e enfrentar todos os contratempos?

Capítulo 31

O tempo cicatriza as feridas, e eu entendia isso. Então, era questão de me conformar e esperar o tempo passar, contudo, sempre pensava em meu filho vivendo sem o pai.

Quase três anos haviam se passado desde o desaparecimento de Maurício até que chegou em nossa casa um homem estranho. Ele vinha na companhia de meu pai, e os dois ficaram horas no gabinete.

Meu filho já ia para a escola, e eu o esperava ao portão. O motorista o levava, ou, então, eu o conduzia. Naquele dia, não o levei à escola.

Marcos chegou em casa, e eu lhe dei um lanche. Ele perguntou pelo avô, e eu lhe disse que estava ocupado. Mandei-o se trocar para ir brincar.

Continuei na sala, enquanto certa angústia me envolvia. Ao sair, o homem olhou-me de forma estranha, como se me medisse, provocando-me arrepios.

Meu pai saiu do gabinete procurando o neto e o chamando, e eu tive a sensação de que ele evitava me olhar. Aproximei-me de meu pai e questionei diretamente:

— Pai, o que foi?

— Espero que nada, filha. Deve ser engano.

— Como engano? — Senti meu coração disparar. — Pai, Maurício está morto?

— Não. Encontraram um homem que se parece com ele vivendo no interior.

— E não foram perguntar se era ele?

— Filha, ele vive com outra mulher. Parece que estão juntos há algum tempo. Não deve ser ele.

— Quero vê-lo.

— Não. Eu irei. Na próxima semana, eu irei até lá.

— Tem razão. Não deve ser ele — ainda quis acreditar.

Na semana seguinte, meu pai partiu. Eu não dormia esperando a volta dele.

Meu pai ficou fora por quatro dias e chegou em casa durante a madrugada. Desci assim que o ouvi abrir a porta. Das escadas mesmo, eu perguntei:

— Pai, é Maurício?

— Elizabeth, amanhã conversaremos. Estou cansado e velho para essas viagens.

— Pai... — pedi sem conseguir conter o choro e a ansiedade.

— Venha, filha querida. Entendo sua ansiedade — meu pai me abraçou.

— Elizabeth, é ele sim.

— Como ele pôde nos esquecer tão rápido? E a mãe e as irmãs?

— Conversei com ele. Depois que pediu demissão, Maurício levou uma quantia de dinheiro à mãe e depois se afastou para pensar melhor. Ele não queria que eu o ajudasse e acabou descendo na escala moral. Queria voltar vitorioso para casa, coisas que só acontecem em romances. Começou a beber e até morar em becos.

— Com uma casa linda fechada e esposa e filho chorando por ele!

— Ele foi se deslocando para não encontrar conhecidos ou amigos e, tempos depois, se juntou com a dona de um bar. Vive com ela há pouco mais de um ano.

Eu chorava desesperada. Ele não se preocupara com a mãe e a irmã e com o fato de que eu as estava sustentando durante todos esses anos.

— Suicídio! Ele também cometeu suicídio por excesso de amor-próprio, orgulho e vaidade. Se entregar à bebida é uma forma de negar a realidade, é fugir da vida.

— Elizabeth, ele não quer voltar. Maurício tem vergonha de todos e me recebeu se sentindo um fracassado.

Agradeci ao meu pai e o deixei descansar. Fui para meu quarto e chorei tanto que no dia seguinte minha cabeça latejava de dor. A casa que havíamos comprado ainda estava fechada e esperando por nós. A anterior também estava abandonada. Duas opções de vida, e ele deixara ambas para trás.

Ninguém pedira a Maurício para viver à custa dos outros, mas quem nunca precisou, de uma forma ou de outra, de uma mão para levantar-se?

O que afetava meu marido era o orgulho, a vaidade, a prepotência, e o pai dele provavelmente se matara pensando assim. Não suportou a falência, não lidou com a frustração, deu as costas à vida sem pensar na importância que tinha para a família, não só financeira, mas também emocional.

O pai de Maurício não pensara que deixar tudo nas costas do filho poderia ser peso demais. Não acreditou na própria capacidade de levantar-se e menos ainda de que possuía amigos que pudessem ajudá-lo.

Será que ele acreditara que o filho tinha a capacidade de enfrentar tudo sozinho? Mas em que Maurício era diferente do pai?

No primeiro momento, meu marido não fugiu de suas responsabilidades, porém, logo começou a sumir, a fugir da mulher que ele dizia amar, que o amava muito e que queria ajudá-lo. Maurício acabou, então, abandonando a família.

Como ele não tinha remorsos em me fazer passar pelo sofrimento, com nosso filho, vivendo em um ambiente em que não nos queriam, tendo outra opção?

Eu não me importava em morar em uma casa pequena, mas queria paz, que era sagrada para mim. Queria uma vida sem brigas por motivos mesquinhos, superficiais, totalmente evitáveis.

Em São Paulo, minha família passara por problemas financeiros quando eu ainda era uma menina, mas meu padrasto não perdera a fé nele nem na vida. O desemprego acontecera, mas e daí?

A saída fora economizar ao máximo para esticarmos o dinheiro, que, como dizia meu padrasto, "custava caro", sem ter mesquinhez alguma ou apego demais a esse recurso precioso.

Nesse tempo de "vacas magras", minha mãe ia à feira e trazia somente frutas e verduras mais baratas, comumente na época de abundância delas. Os passeios foram cortados, sem trazer maiores dramas à família.

Meu Deus! Eu era criança e não percebia a aflição que meus pais sentiam devido à insegurança do futuro. Isso, no entanto, os unia. Minha mãe sempre tinha uma palavra de otimismo para meu padrasto.

Certamente, ele nunca tivera prepotência ou se sentira menos batendo de porta em porta nas empresas procurando emprego.

Meses depois, meu padrasto encontrou um emprego sozinho, pois não conhecia nenhum empresário que pudesse lhe dar uma indicação. Se conhecesse, aceitaria o atalho e agradeceria.

A mão estendida para ajudar é sempre uma mão amiga, mesmo quando mal conhecemos seu dono.

Maurício tinha muitas mãos amigas e influentes para lhe oferecer atalho, mas ele simplesmente não queria. Como entender isso?

Vivendo com ele, eu procurava não reclamar das provações que minha sogra e minhas cunhadas me faziam passar. Se não eram gentis entre elas, comigo nunca seriam. A gentileza não fazia parte de suas almas.

Mara, uma de minhas cunhadas, era uma tremenda exploradora. Talvez ela acreditasse que Deus criara o mundo para servi-la.

Tristemente, chegava à conclusão de que meu marido também se suicidara. Ele o fizera de outra forma, mas não menos dramática.

No dia seguinte, eu estava dividida, mas não tinha mais o que fazer. Queria separara-me oficialmente de Maurício. Pedi ao meu pai que providenciasse o processo alegando abandono de lar.

Julgava que nunca mais veria meu marido ou que Marcos veria o pai. Eu tinha dois pais maravilhosos, e meu filho não tinha nenhum. Carinho e amor, contudo, não lhe faltavam.

Capítulo 32

Meses depois, mais conformada, vendi uma das casas. As duas só me traziam lembranças amargas, mas roguei com toda sinceridade que quem fosse morar lá tivesse muitas bênçãos e fosse muito feliz. Como eu precisava da assinatura de Maurício para vender a outra, mas não queria pedir, decidi alugar a propriedade.

Quase três anos depois de minha separação oficial, conheci um amigo de Augusto, e começamos a nos relacionar. Namoramos por quase um ano e resolvemos nos casar. Naquela época, pelas leis do Brasil, uma pessoa desquitada não tinha direito a um segundo casamento, então, decidimos nos casar em uma embaixada.

Eu passara a amar aquele homem, mas a lembrança de Maurício era algo que ainda me doía muito. Novamente, as escolhas individuais afetavam um todo ao redor.

Dois dias antes do casamento, Ana veio avisar-me de que alguém queria me ver. Eu pensava estar totalmente recuperada dessa fase ruim.

— Alguém, Ana? Homem ou mulher? — perguntei distraída com meus afazeres.

Senti que Ana ficara embaraçada

— Pedi a essa pessoa para esperá-la no gabinete de seu pai.

— Já desço — respondi intrigada, percebendo que Ana não queria me dizer quem era.

Desci as escadas despreocupada e quase morri ao ver Maurício. Perguntei secamente:

— O que quer? — percebi que sentia alegria por vê-lo bem e ódio pelo que me fizera.

Maurício olhou-me longamente, como se estivesse resgatando uma imagem.

— Vim lhe dar os parabéns pelo casamento e ver meu filho.

— Ele não se lembra mais de você.

— Não o culpo — falou baixando a cabeça humildemente.

— O que quer? — intimei.

— Soube que tem sustentado minha mãe e Mara e que a outra se casou.

— Queria o quê? Que eu as deixasse morrer de fome? Elas não sabem nem querem fazer nada.

— Elizabeth, me perdoe, por favor.

— Nada tenho nada a perdoar. Você não existe mais na nossa vida, e é só.

— Eu ainda a amo.

Tive de rir.

— Como ama? Enquanto eu me desesperava e gastava dinheiro procurando-o, você vivia com outra. Você morreu para mim, e eu o enterrei.

Meu ódio foi tanto que o prazer de vê-lo, o prazer do primeiro instante, se dissolveu completamente.

— Pode sair. Você conhece a porta da rua; já morou aqui.

— O que fez com as duas casas? — perguntou.

— Vendi uma e aluguei a outra. Quer o aluguel? Ela ainda está em seu nome.

— Não! Desculpe. Não sei o que vim fazer aqui.

Restou entre nós um silêncio constrangedor. Tudo tem um tempo, e o tempo de eu recebê-lo de braços abertos, como tanto desejara, passara.

Maurício saiu de minha casa, e eu me senti arrasada. Por que ele viera? Só para me fazer infeliz outra vez? Lastimei que uma notícia sobre meu casamento tivesse saído no jornal. Eu nunca era notícia, mas viviam procurando acontecimentos para falarem do meu pai, mesmo que ele não desse brecha.

Casei-me, e meu marido não quis morar na casa de meu pai. Fomos, contudo, morar na vizinhança. Marcos sentia muito a falta do convívio diário com o avô e, até certa idade, passava um pouco de tempo com meu pai todos os dias.

Nas férias, Marcos e eu passávamos pelo menos quinze dias com meus pais em São Paulo, e, na maioria das vezes, meu novo marido nos acompanhava. Em pouco tempo, ele se tornou parte da família.

Nessa fase de minha vida, fui muito feliz, mas continuei sustentando minha ex-sogra. Seis meses depois de meu casamento, Mara finalmente se casou, mas não cuidava da mãe.

Maurício e a mulher com quem vivia nunca chegaram a se casar, e mal podiam se sustentar com o dinheiro que obtinham com o bar.

Quando minha sogra já estava muito idosa para morar sozinha, paguei-lhe um asilo para que pudesse morrer em paz.

Tive mais dois filhos: um menino e uma menina. Meu novo marido não era do tipo muito carinhoso, mas era atencioso e trabalhador e não se importava de trabalhar com meu pai.

Quando meu pai morreu muitos anos depois, ele e Augusto passaram a dirigir os negócios. Graças ao meu pai, estavam há muito acostumados a trabalharem juntos.

Muitas vezes, eu me questionava por que Maurício não fora mais humilde e não aceitara o que o destino nos mandara. Será que ele e a família precisavam aprender a ser humildes? Se fosse isso, eu acreditava que tinham fracassado.

Maurício me perdeu e perdeu o filho, que não o considerava pai. Ele passara a ver meu segundo marido como pai e até procurava esquecer que tivera outro, ao contrário de mim, que agradecia a Deus pelos dois que eu tinha.

Meu pai biológico morrera idoso, mas amava minha mãe, assim como ela o amava. Quem sabe algum dia eles teriam a chance de se juntarem outra vez e serem felizes, sem intervenções?

Eu tinha certeza de que Deus não criaria o amor para que ele se perdesse em uma vida e que o amor era uma raiz forte que duraria eternamente.

Quando me fui, já tinha três bisnetos, os filhos de Marcos. Meus outros netos ainda não haviam se casado. A diferença de idade entre Marcos e os irmãos era grande e se refletia na idade dos meus netos.

Maurício já desencarnara, e eu nem sequer soubera. Encontrei-o no plano espiritual, torturado e arrependido pelo que fizera. Por ter colocado o orgulho e a vaidade à frente do amor, a consequência não podia ser outra: profundo arrependimento, mas, para aquela vida, era tarde demais.

Só pude concluir que nossas imperfeições são péssimas conselheiras e sempre nos fazem escolher os piores caminhos, que são totalmente evitáveis.

Nem após vinte anos, meu pai deixou de tentar fazer o que era certo. Ele nos deu a chance de criar laços eternos e uma oportunidade de sermos felizes — e realmente fomos.

Meu segundo marido não era muito emocional, e eu sentia que ele não me amava muito — pelo menos não expressava esse amor. Ele, contudo, tinha humilde de coração, embora viesse de uma família mais rica que a de Maurício, que passara por tudo aquilo para aprender a dividir e a ter humildade para receber o que lhe era ofertado.

Eles não aprenderam. Talvez, numa próxima vida, passem por tudo de novo para tentarem outra vez. Lição não aprendida é lição repetida.

Cumpri minha parte, doei o que pude, embora tenha morrido com uma mágoa profunda pelo que Maurício fizera a mim e ao nosso filho. Perdoei-o rapidamente, no entanto, quando pude ver melhor o estado de tortura em que ele se encontrava e pensei que se, me decepcionara, Maurício também decepcionou a si mesmo mil vezes mais.

Nas crises? União! Sempre união! É a única forma de sairmos delas mais enriquecidos e nobres. Isso é o que quero lhes passar depois dessa minha breve narrativa, afinal, a vida é um somatório de momentos que mudam com nossas atitudes.

Elizabeth
(ORBE DOS ESCRITORES)
Psicografia de Amarilis de Oliveira

GRANDES SUCESSOS DE
ZIBIA GASPARETTO

Com 18 milhões de títulos vendidos, a autora tem contribuído para o fortalecimento da literatura espiritualista no mercado editorial e para a popularização da espiritualidade. Conheça os sucessos da escritora.

Romances
pelo espírito Lucius

A verdade de cada um
A vida sabe o que faz
Ela confiou na vida
Entre o amor e a guerra
Esmeralda
Espinhos do tempo
Laços eternos
Nada é por acaso
Ninguém é de ninguém
O advogado de Deus
O amanhã a Deus pertence
O amor venceu
O encontro inesperado
O fio do destino
O poder da escolha
O matuto
O morro das ilusões
Onde está Teresa?
Pelas portas do coração
Quando a vida escolhe
Quando chega a hora
Quando é preciso voltar
Se abrindo pra vida
Sem medo de viver
Só o amor consegue
Somos todos inocentes
Tudo tem seu preço
Tudo valeu a pena
Um amor de verdade
Vencendo o passado

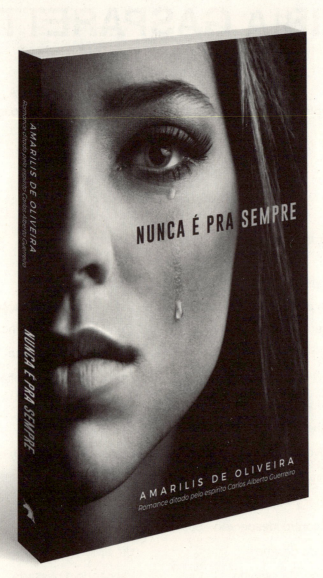

NUNCA É PRA SEMPRE

Nesta emocionante história, Adelaide não tinha forças para superar sozinha suas imperfeições, porém, com a ajuda dos amigos espirituais, ela compreenderá a importância do amor e do carinho na preservação do equilíbrio e no cultivo dos verdadeiros valores da alma.

Este e outros sucessos, você encontra nas livrarias e em nossa loja:

www.vidaeconsciencia.com.br/lojavirtual

Rua Agostinho Gomes, 2.312 — SP
55 11 2613-4777

contato@vidaeconsciencia.com.br
www.vidaeconsciencia.com.br